Elsa Sophia
von Kamphoevener

Liebeslist

Drei alttürkische Märchen

Mit Illustrationen
von Jutta Kirsch-Korn

Rowohlt

Illustrationen sowie
farbiges Umschlagbild
von Jutta Kirsch-Korn

1. Auflage August 1976

Entnommen aus
«An Nachtfeuern der Karawan-Serail»

Gesamtherstellung Clausen & Bosse, Leck/Schleswig
Printed in Germany
ISBN 3 498 09675 3

Inhalt

Liebeslist

Sklavenmarkt ist, und es geht bunt zu. Die Händler haben ihre Buden mit gestickten Stoffen und Teppichen behängt und schreien sich gegenseitig nieder, um ihre Waren anzupreisen. Yemen, das große, das berühmte Land des Sklavenhandels, ist es sich selbst schuldig, diesen Markt mit aller nur möglichen Pracht auszustatten. Stolz ist man über die hohe Qualität der angebotenen Ware und geht zunächst nur herum, sich alles betrachtend und mit Freunden zusammen stehenbleibend vor den einzelnen Buden. Als das Gebot dann beginnt, hebt es an um die männlichen Sklaven, besonders um diejenigen, die des Waffentragens fähig sind. Schöne, dunkle, hochgewachsene Gestalten sind es, und sie stellen sich hochmütig zur Schau, wohl wissend, daß die Weiterentwicklung ihres Schicksals in ihren eigenen waffenfähigen Händen liegt, in der geschmeidigen Kraft ihrer Muskeln, der Schnelligkeit ihrer Füße, der Ausdauer ihres Atems.

Hin und her mit den Freunden geht auch der junge Omer und betrachtet gleich den anderen bewundernd diese zur Schau gestellten Männer. «Wie ist es nur möglich, daß diese sich haben fangen lassen?» sagt er staunend. «Ob sie wohl anderswo entsprungen waren und sich freiwillig in die Hände der Händler gaben?» Hassan und Achmed, die Freunde, halten das durchaus für möglich und sind der Ansicht, daß die kriegerischen Männer vermutlich auf einen Anteil am Verkaufsgeld abgeschlossen hatten. Doch Hassan rief jetzt halb lachend aus: «Sieh dort, Omer, da geht der alte Ferid! Gewiß ist er gekommen, um eine junge Sklavin zu erwerben. Und wie jung muß sie sein, um sein Alter auszugleichen! Wollen wir warten und sehen, was er kauft? Es könnte erheiternd sein.» – «Warum nicht?» sagte Omer auch lachend. «Es ist immer lehrreich zuzuschauen, wie einer sich öffentlich zum Narren macht und noch teuer selbst dafür bezahlt.»

So hielten sich die drei jungen Karawanenführer in der Nähe des reichen alten Ferid auf und warteten, was geschehen würde, wenn die männlichen Waffensklaven ausverkauft wären und die weiblichen jungen Schönheiten zum Verkauf kämen.

Omer sowohl wie Hassan und auch Achmed hatten schon oft ihre Kamele in der Karawane für Ferid geführt und wußten viel von seinem Geiz und seiner schmutzigen Gesinnung zu berichten. Ferid war reich; sehr, sehr reich, und deshalb setzte es auch niemanden in Erstaunen, daß er geizig und gemein dachte, führt doch großer Reichtum fast immer zu solcher Gesinnung. Er bedurfte auch längst keiner eigenen Karawane mehr, sondern bekam von weither alles zugesandt, ohne es auch nur angefordert zu haben, so bekannt war er. Wohlgerüche aus Persien, Samt aus Syrien, Juwelen aus Hindostan: alles wurde ihm gesandt, und er verkaufte es zugleich mit den heimischen Seiden des Yemen weiterhin in alle Welt. Sein Name allein war schon Geld, und er saß wie eine Spinne im Netz wartend da, bis man ihm alles vor die Füße legte. Wenn jemand irgendwo in Hindostan oder Arabistan einem Karawanenführer sagte: «Für Ferid in Yemen bei Schükri», so wußte man Bescheid. Wer kannte nicht den großen Kawehdji Schükri, bei dem man täglich vom Mittags- bis zum Abendgebet den reichen Ferid vorfand und zu dem man ihm die Waren bringen konnte? Das einzige, was ihm nicht zum Kaweh-Han des Schükri gebracht werden konnte und um dessen Besichtigung er sich selbst bemühen mußte, war das Fleisch junger schöner Frauen, ausgestellt auf dem Sklavenmarkt. Und um diese erfreuliche Besichtigung war jetzt der reiche alte Ferid bemüht, nicht ahnend, daß ihm drei junge Männer folgten, die allen Grund zu haben glaubten, ihm nicht wohlgesinnt zu sein.

Schlau war Ferid, weise nicht, und alt war er, älter als es seinen Jahren entsprach – ausgetrocknet wie eine Smyrnafeige. Der junge Omer dagegen verdiente wohl gut als Karawanenführer, denn sein sicherer Schwertarm war begehrt, aber was konnte er gegen des alten Ferids Reichtum bieten? Und dennoch besaß er mehr als Geld: neben seiner strahlenden Jugend hatte er das in seinem klugen Kopf, was Erfolg und Gold herbeizieht.

Scheinbar unabsichtlich schlenderte er mit seinen beiden Freunden hin, immer von Ferid unbemerkt. Als dieser dann vor der Bude eines der erfolgreichsten Sklavenhändler haltmachte, blieben auch die drei jungen Männer in der Nähe stehen. Der Händler mußte Ferid durch einen Spalt seines noch geschlossenen Vorhangs erspäht haben, denn er kam auf den kleinen Vorraum hinaus, und eine geflüsterte Unterhaltung der beiden Männer folgte; anscheinend konnten sie jedoch nicht gleich handelseins werden, denn plötzlich erhob Ferid geärgert die Stimme, und die Freunde hörten ihn sagen: «Ich will das nicht! Niemand soll das Mädchen sehen, nur ich allein! Was weiß ich, ob dein Geschmack dem meinen entspricht? Laß mich ein und zeige sie mir; du weißt, ich zahle gut.»

Vorsichtig waren die drei nähergekommen, denn sie wollten des Händlers Antwort vernehmen; auch dieser erhob jetzt etwas die Stimme und sagte: «Wohl weiß ich, Herr, du zahlst gut, doch selbst du vermagst mir nicht alle meine Ware zu bezahlen, die wertlos würde, wenn du sie zuerst allein besichtigen könntest. Ich werde diejenige Sklavin, die ich für dich kaufte, jetzt herausbringen und scheinbar zum Verkauf stellen, so zwar, daß ich sie nur ganz flüchtig entschleiere und nicht unbekleidet zeige – das aber ist alles, was ich für dich tun kann, Herr! Bist du's zufrieden?» Übelgelaunt nickte Ferid, knurrte etwas, das wohl eine Zustimmung sein konnte, und da ihm nichts anderes übrigblieb, stand er wartend da. Wie es sich geziemte, zeigte er auch jetzt nicht seine Ungeduld, sondern zog langsam und bedächtig die Perlen des Tesbieh durch seine Finger.

«Ich will sehen, was der Kerl dem reichen Alten da zeigen wird», flüsterte Omer seinen Freunden zu, «denn was es auch sei, ich gönne es ihm nicht. Wenn das Mädchen herausgeführt wird, so stoße einer von euch einen beliebigen Ruf aus, und ich bin sicher, die Sklavin wird erschrecken, wenn der Ruf hoch und hell genug ist. Sie wird dann kurz den Schleier heben, und ich kann sehen, was ich sehen will, zu der Entschleierung durch den Händler noch hinzu. Ich gehe näher, ihr bleibt hier stehen und ruft.» Schon kam auch der Händler auf die kleine Vorbühne heraus; er zog ein Mädchen an der Hand mit sich nach, und andere verschleierte Mädchen folgten. Der Händler erhob in dem leiernden Ton, der in der ganzen Welt solchen Ausrufern gemeinsam ist, die Stimme und begann seine Ware anzupreisen.

«Ihr seht hier, edle Herrn, das Beste und Schönste, das an Mädchen und Frauen geboten werden kann. Lieblich wie der junge Morgen, zart wie Nußkern, duftend wie Rosen . . .»

«Mach schon weiter, so viel Zeit habe ich nicht, zeige sie mir!» raunte Ferid wohl vernehmlich. Der Händler leierte weiter, hob aber zugleich, wie nebensächlich, die freie Hand und riß damit ein wenig an dem Schleier des Mädchens, das er noch immer neben sich festhielt. Im gleichen Augenblicke erklang ein heller Ruf von irgendwoher, und wie Omer es angenommen hatte, hob das Mädchen den kaum noch verhüllenden Schleier ein weniges mehr und spähte ängstlich um sich. Omer konnte sie deutlich sehen, und sofort trat er zurück, verlor sich in der Menge und fand alsbald seine Freunde wieder. «Warten wir noch, denn ich will sicher sein, daß Ferid sie kauft; seht ihr den Schwarzen, der sich in seiner Nähe hält? Er ist ein Eunuch, der im Kaweh des Schükri arbeitet; zu geizig, um sich selbst einen Wächter für seine Mädchen zu halten, wird er diesen mitgenommen haben, um seinen Einkauf sicher fortschaffen zu lassen, steht doch in seiner Nähe auch eine Sänfte. Ich bitte euch, folgt dann diesem Eunuchen und kommt zu mir, um zu berichten, wenn das Mädchen sich in Ferids Haus befindet. So es euch möglich ist, sucht herauszufinden, wieviel er bezahlte. Ihr trefft mich bei Schükri. Dort werde ich euch weitere Weisungen geben. Seht hin, er kaufte sie, und der Eunuch führt sie zur Sänfte. Könnt ihr sehen, wie ihre zarte Gestalt sich zusammenzieht, als friere sie? Sie hat Angst, diese Blume Arabiens. Lebt wohl, habt acht und kommt bald.»

Schon war er in der Menge untergetaucht; Hassan und Achmed aber folgten der langsam dahinschwankenden Sänfte bis hin zum Hause des Ferid und konnten dort beobachten, wie eine schwarz verschleierte Alte das zarte junge Wesen in Empfang nahm. Mit einem dumpfen Dröhnen schloß sich die schwere Pforte des dunklen großen Hauses hinter den wehenden, hellen Schleierfalten der jungen Sklavin.

Indessen hatte sich Omer in aller Eile zum Bazar begeben. Er wußte zwar, daß Ferid wie immer zu Schükri gegangen war, aber es galt, ihn dort länger als üblich festzuhalten, damit er nicht in Ungeduld und Hast in sein Haus eile, sich seines Neuerwerbs zu erfreuen. Es blieben Omer, um das zu vollbringen, was er sich erdacht hatte, kaum mehr als etwa sechs Stunden. Also galt es zu eilen, wenn auch jede Art von Hast unziemlich ist, in diesem besonderen Falle ließ sie sich nicht vermeiden. Im Bazar angelangt, suchte Omer einen ihm wohlbekannten Goldschmied auf und ließ sich von ihm vorlegen, was er an Mundstükken für den Nargileh-Schlauch besaß. Schnell schob er alles, was aus Silber bestand, beiseite, ebenso die einfachen Goldmundstücke, bis er ein prächtiges Stück gefunden hatte, ganz in Bernstein gearbeitet und mit Smaragden verziert. «Gib mir das, Abdullah, mein Freund, und vergib, wenn ich heute keine Zeit habe für das Bazarlik. Es ist nicht Mißachtung für dich und deine Ware, es ist die Eile eines großen Geschäftes, die mich zwingt, so unziemliche Hast zu zeigen. Wieviel sagtest du, mein Freund Abdullah?» Kummer im Blick, Mißbilligung in der Stimme, sagte Abdullah leise: «Fünf Goldstücke, nicht mehr, nicht weniger. Verhältst du dich nicht, als seist du ein Ferenghi, Omer, mein Freund? Schamvoll, in Wahrheit.» – «Noch einmal, vergib. Es geht dieses Mal nicht anders. Habe Dank.»

Omer legte das Geld hin, steckte das Aghyzlyk ein und eilte davon, galt es doch, vor Ferid bei Schükri zu sein. Dort angelangt, ließ er durch eben jenen Eunuchen Schükri herausrufen, sagte dann leise, indem er ihm ein Goldstück in die Hand drückte: «Da hast du, Schükri Agha, und das Doppelte ist dein, wenn du es erreichst, den Ferid Baba sein Mundstück verlieren zu lassen.» Der Kawehdji sieht das Goldstück in seiner Hand an, hebt es zu den Lippen, beißt mit seinen starken Zähnen darauf, steckt es fort, lächelt, sieht den jungen Omer an, fragt leise: «Das Doppelte – wann?»

Auch Omer lächelt, bereitet es ihm, dem klugen Handelsmann der Karawanenwege, doch immer Freude, einen anderen klugen Mann zu treffen. Dann sagt er eilig, denn Ferid kann jeden Augenblick eintreffen: «Das zweite Goldstück wird versehentlich aus der Hand eines eiligen Boten in einer Djelhabieh fallen, der atemlos ein anderes Aghyzlyk bringt kurz nach des Ferid Kommen.» Schükri nickt, lächelt wieder, sagt: «Wie du und der eilige Bote gesagt haben, so geschehe es», grüßt mit der Hand und geht in seinen Kawehraum zurück.

Omer aber verbarg sich in der Nähe, um nicht von Ferid gesehen zu werden, und wartete auf seine Freunde, die er schon bald daherkommen sah. Er hörte ihren Bericht an und sagte: «Nun habt acht, was ich plane: wenn es so geht, wie ich es beabsichtige, so reite ich noch vor Sonnenuntergang mit dem lieblichen Wesen fort und bringe sie in eines unserer Lager. Dazu brauche ich eure Hilfe. Wir müssen die Alte, von der ihr sagtet, unschädlich machen und unsere Tiere dann bereit halten. Sagt, wollt ihr mir weiter helfen um des Vergnügens willen, diesen alten geizigen Betrüger zu überlisten?»

Die Freunde erklärten sich mit Freuden bereit und versprachen sich viel Unterhaltung von dem Streich, dachten auch kaum an das schöne Sklavenmädchen, denn was bedeutete schon eine Frau in allem, was den Mann anging? Unterhaltung, Zerstreuung und hie und da auch wirkliche Leidenschaft, aber das war selten genug. Nein, hier ging es darum, einen alten Händler hereinzulegen, der selbst nichts anderes wußte und verstand, als alle anderen zu betrügen, und deshalb halfen Hassan und Achmed dem Freunde Omer so freudig. Diesem selbst nun ging es inzwischen ganz eigenartig. Während der erzwungenen Tatenlosigkeit, bis der alte Ferid sich bei Schükri eingefunden haben würde, stand eines und immer nur eines vor seinem inneren Blick: nicht etwa, was er plante, nicht etwa die den Ferid erwartende Beschämung, darum es ihm doch zuerst allein gegangen war – nein, nur das schöne junge Gesicht der Sklavin sah er vor sich, sah ihre zarte

Gestalt, wußte sich von einem heftigen Begehren erfaßt, dieses zärtliche Wesen vor Pein und Leid zu schützen. Was war es nur, das ihm die Gedanken von seinem lustigen Plan ablenkte? Lächerlich! So etwas durfte einem jungen Karawanenführer doch nicht geschehen, denn ihm mußte der Sinn frei bleiben und die Schwerthand sicher. Fort mit all diesem, jetzt galt es, nur das Gedachte auszuführen und gut aufzupassen.

Langsam und würdig wie es sich geziemt, ohne jede Eile kam Ferid jetzt des Weges daher und betrat freundlich grüßend das Kaffeehaus des Schükri. Er wurde von dem Besitzer selbst mit aller schuldigen Ehrfurcht empfangen, und Schükri säuberte ihm mit einem feinen Haarpinsel eigenhändig das Gewand vom Straßenstaub, nachdem Ferid die Schuhe abgelegt hatte. An seinem gewohnten Platz ließ sich Ferid dann auf das Bodenpolster nieder; der Kaweh wurde gebracht und gleich danach das Nargileh, dessen Schläuche noch alle unbenutzt waren. Der dienende Eunuch legte dem geehrten Gast einen der Schläuche in Griffnähe und brachte dann noch eine kleine glühende Holzkohle, die er mit der Zange vorsichtig auf den Tabak legte, damit es dem Raucher auch frisch und gut munde, dieses Trinken des duftenden Krautes. Ferid griff ganz gedankenlos in die Tasche, in der er sein Aghyzlyk, das Mundstück zum Ansetzen an den Schlauch, aufzubewahren pflegte, und nun stutzte er. Schükri, wohl verborgen hinter einem Vorhang, beobachtete mit geheimem Lächeln, wie das Suchen des alten Ferid immer heftiger wurde, und betastete voll versteckter Freude das Mundstück, das er in seiner Hand verborgen hielt, um es für das zweite Goldstück dem jungen Omer zu übergeben. Da niemand den alten geizigen Ferid leiden konnte, so freute sich auch Schükri jetzt des Streiches, der ihm gespielt wurde, aber nach einiger Zeit begab er sich doch zu dem immerhin recht getreuen Gast, neigte sich zu ihm herab, fragte in scheinbarer Besorgnis: «Suchst du etwas, Herr? Vermag ich dir dienlich zu sein?» Ärgerlich antwortete Ferid: «Ob du mir dienlich sein kannst, weiß ich nicht, aber es ist wahr, daß ich mein Aghyzlyk suche. Du sahst es nicht?» Unschuldsvolles Staunen antwortete der Frage, und Schükri sagte: «Ich, Herr? Wie sollte ich wohl? Vielleicht, daß du es versehentlich vergaßest? Soll der Diener in deinem Hause fragen gehn?»

Ehe noch Ferid auf dieses scheinbar so diensteifrige Angebot eingehen konnte, entstand vor dem Eingang Unruhe, und im schnellsten Laufe hereineilend, teilte ein Mann den Vorhang, offenbar ein Bote, im Mantel des Wüstenreiters unkenntlich vermummt; er lief auf Ferid zu, fiel neben ihm nieder und hielt auf seiner Handfläche ein blitzendes Etwas dem ein wenig erschreckten Alten entgegen. Atemlos, mit seltsam heiserer Stimme, die durch den Zipfel der Djelhabieh, die Mund und Kinn verhüllte, undeutlich gemacht wurde, keuchte der Wüstenreiter hervor: «Deine alte Dienerin, Herr, die Ausschau hielt nach einem Boten vor deinem Hause, sah mich vorbeigehen, rief mich und ersuchte mich, dir dieses zu bringen, das du beim Fortgehen liegenließest, dein Aghyzlyk, Herr. Nimm es, Herr!»

Ferid schaute auf das blitzende Ding in der braunen Hand, dann auf den verhüllten Kopf des Boten, wollte etwas sagen, wurde aber unwiderstehlich von der Schönheit des kleinen Kunstwerkes angezogen. Er griff danach, und schon erhob sich der Wüstenreiter in einem geschmeidigen Sprung vom Boden und war fort, ehe sich Ferid noch besonnen hatte. Schneller als das Begreifen des alten Ferid war das des dicken Schükri, der scheinbar entrüstet hinter dem Wüstenreiter herlief, immer mit dem kleinen Haarbesen fegend und etwas davon murmelnd, wie doch diese Wüstensöhne stets so viel Staub überallhin mitbrächten! Daß er zugleich mit dem angeblichen Staub ein Goldstück, wie versprochen, vom Boden fortschob, bemerkte niemand, auch nicht, daß Schükri dem Wüstenreiter draußen etwas in die Hand drückte und dabei flüsterte: «Aman, Omer, wieviel muß dir dieses, was du tust, wert sein, um ein solches Stück voll Glanz und Kostbarkeit einzutauschen gegen das elende Aghyzlyk hier!» – «Es ist mir viel wert», flüsterte es unter der Djelhabieh hervor zur Antwort, und wieder ward sich Omer bewußt, wieviel mehr als noch vor einer Stunde es ihm wert geworden war. Und er eilte mit flatterndem Wüstenmantel wie beschwingt davon.

Ferid aber hielt immer noch das Bernstein-Mundstück zwischen den Fingern und drehte es hin und her; er schätzte es auf den dreifachen Wert des seinigen und nahm an, daß es sich bei dieser seltsamen Art des Überbringens um einen besonders geschickt erdachten Backschisch handle für ein noch abzuschließendes Geschäft. Geduld! Die Zeit bringt Wissen. Und geruhsam rauchte Ferid das neue schöne Mundstück an.

Indessen erreichte Omer, immer noch laufend, das Haus des Ferid Baba, ließ hastig und fest den schweren Klopfer an der Tür auf und nieder schnellen und sah sich bald einer alten, dunkel verschleierten Frau gegenüber, die das schwere Tor nur einen Spalt breit öffnete und vorsichtig hinausspähte. Omer hatte die Djehabieh zurückgeschlagen, und die Alte sah einen harmlos lächelnden Jüngling vor sich, der dienstbeflissen zu reden begann, indem er ihr ein altes Aghyzlyk zeigte. «Hanoumdjim», sagte Omer eifrig, «dieses sein Mundstück, das du gewißlich kennen wirst, übergab mir dein Herr, der geachtete Ferid Baba, um es dir vorzuweisen als Beweis, daß mein Auftrag richtig sei. Du kennst es doch?»

Hakbileh, die alte Dienerin, hatte ihren dunklen Schleier um ein weniges gehoben und ebenso auch das Tor noch um ein weniges geöffnet. Sie betrachtete das alte silberne Mundstück ihres Herrn, das der Bote ihr vorwies, und sagte zögernd: «Ich kenne es wohl. Was aber ist dein Auftrag?»

Geläufig erwiderte Omer, gewohnt an seltsame und schwierige Geschäfte, wie er es als Karawanenführer war: «Dein Herr, Hanoumdjim, sagte, du mögest mir sogleich sein Mühür geben, dessen er bedarf und das er mitzunehmen vergaß.» – «Es geschehe wie befohlen», sagte die alte Hakbileh und schloß sorgsam das Tor, denn hatte sie nicht ein schönes junges Weib seit heute zu hüten und ist das nicht schlimmer, als einen Beutel mit Flöhen zu bewachen?

Omers Herz aber tat einen schnellen Schlag, denn dieses hier war ein Wagnis gewesen. Was hätte er tun sollen, wenn Ferid das Mühür, Stempel seiner Namensunterschrift, bei sich gehabt hätte und nicht daheim vergessen? Wie hätte er dann den übrigen Teil seines Planes ausführen sollen? Aber etwas Glück mußte ja bei allem dabei sein, und nun konnte er das streng geschlossene Tor schon wieder anlächeln, denn bald würde es sich öffnen, um seinen schönen Paradiesvogel in die Freiheit fliegen zu lassen! Jetzt kam die Alte zurück, reichte nur durch den schmalen Türspalt das Mühür und murmelte: «Da, nimm, und gehe. Nimm auch das Mundstück, er wird es brauchen.» Omer tat wie befohlen. «Allah ismagladih . . .», und auf diesen Segenswunsch hin schloß sich dumpf das schwere Tor. Omer hörte noch Riegel gleiten, und wieder mußte er lächeln, mußte auch eines Sprichwortes gedenken, das ihm immer weise gedünkt hatte und das sagte: «Riegel und Schlösser halten nicht, was entfliehen will; nur jene Riegel, die das Herz selbst vorschiebt, machen zu Gefangenen.» Ja, so war es! Möchte denn das Herz des Mädchens dort drin bereit sein, für ihn seine Riegel vorzuschieben! Inschallah!

Während er so dachte und sann, eilte sein schneller Fuß schon dahin, und in Kürze befand er sich wieder im Bazar bei demselben Goldschmied wie vorher, der auch inzwischen seine Mißstimmung über das ausgefallene Bazarlik vergessen zu haben schien, denn er empfing Omer auf das freundlichste. «Was führt dich wieder zu mir, Omer, mein Freund? Sag an.» Verächtlich das leichte Silber-Mühür Ferids hervorholend, zeigte Omer es dem Goldschmied.

«Kannst du mir ein Mühür in Gold geben, Babadjim, und kannst du es zudem mit derselben Namensbildung versehen lassen, wie sie auf diesem hier zu sehen ist? Aber es eilt!» Der Goldschmied betrachtete den Namenszug, den er erkannte, durch ein Vergrößerungsglas, schaute kurz auf, verbarg sein Erstaunen und sagte ruhig: «In einer Stunde kann die Namensbildung fertig sein. Du wähle indessen hier aus den Mühürs dir eines aus. Gold, ja? Sieh her, welch edle Arbeit! Und, so es dir genehm ist, du wirst, mein Freund, ehe du gehst, um in einer Stunde wiederzukehren, das Mühür bezahlen? Die Arbeit dann später, ja?»

«Schade um den Atem, den du an diese Worte verwendet hast, Babadjim. Sage, für was hältst du mich? Bin ich ein Säugling, bin ich ein Harem-

Mädchen, das von nichts weiß? Wieviel?» Tief beschämt murmelte der Goldschmied etwas von drei Goldstücken, verbeugte sich, flüsterte noch etwas von einer Stunde, zu der gewiß alles fertig sein würde, und sah dem Davongehenden bewundernd nach. Hatte dieser junge Omer nicht das beste Stück sogleich herausgefunden, und war er nicht trotz seiner fremdartigen Hast ein Kunde, um das Herz eines Händlers froh zu machen?

Omer begab sich nun zu dem Schreiber am Eingang des Bazars, ließ sich nieder auf dem Kissen vor dem Sitz des Schreibers und sagte: «Babadjim, setze mir ein Schreiben auf, das so lauten soll: ‹Wer immer dieses Schriftstück erblickt, soll dem Überbringer, meinem getreuen Diener, meine neu erworbene Sklavin ausliefern, die geleitet werden soll von meiner alten Dienerin an einen meinem Diener bekannten Platz.› So soll es heißen, Babadjim. Schreibe es auf bestem steifen Papier und halte es bereit, daß ich dann meines Herren Mühür daruntersetzen kann, das ich bei mir habe. Ein halbes Goldstück zahle ich dir dafür und hole es in einer kleinen Stunde ab. Ist es dir so recht?» Freudig über die reiche Bezahlung stimmte der Schreiber zu, und nun endlich konnte sich Omer nach all dieser Hast ein wenig ausruhen. Er ging zum nächsten Kawehdji im Bazar, saß und trank und rauchte und ließ seinen Sinn sich von Träumen umspinnen, darin das liebliche Gesicht der jungen Sklavin ihm zulächelte.

Nicht lange danach klopfte es wieder am Tore

vom Hause des Ferid, und mit den gleichen Vorsichtsmaßnahmen wie vorher öffnete auch dieses Mal die alte Hakbileh. Erstaunt erblickte sie wiederum denselben Boten wie vorher, und ihr Unmut über diese neue Belästigung veranlaßte sie zu fragen: «Was willst du denn schon wieder, Djanoum? Hast du wieder eine Botschaft des Herrn zu bestellen? Seit Jahren, die ich hier diene, hat es noch niemals so viele Botschaften gegeben wie jetzt an einem Tag!»

Mit demselben bescheidenen und dienstbeflissenen Lächeln wie bereits eingeübt antwortete Omer auch dieses Mal. «Diesen Brief hier befahl mir dein Herr dir zu übergeben und verlangte, du sollest streng danach handeln. Nimm!» Voll versteckter Schadenfreude sah Omer das hilflose Staunen der Alten mit an, wußte er doch genau, daß sie weder lesen noch schreiben konnte. Wer von des Propheten Kindern bedurfte auch dessen? Immer noch hielt er ihr das Schreiben entgegen, doch wollte er sie nicht verstimmen, weil er ihrer noch bedurfte, und so sagte er denn freundlich: «Wenn du willst, lese ich dir vor, was hier geschrieben steht, damit du dich nicht zu bemühen brauchst. Willst du, Hanoumdjim?» Voll Bewunderung starrte Hakbileh diesen Wüstenreiter an. «Du kannst lesen? Maschallah, welche Gelehrsamkeit! Nun, so lies es mir also.»

Und Omer, der das Schreiben ja Wort für Wort kannte, gab eine ausgezeichnete Vorstellung eines, der mühsam etwas vorliest. «Jetzt gleich soll das geschehen? Djanoum, wie kann ich denn so schnell alles bereithalten? Zumal die junge Sklavin noch im Bade ist. Aman, aman, was soll ich tun?»

Omer, der ja auch noch allerlei Vorbereitungen zu treffen hatte, beruhigte die erregte Alte und sagte, es sei ihm nur aufgetragen worden, den Befehl zu übermitteln – und hier sei auch das Mühür des Herrn aufgedrückt, wie sie sehe –, aber sonst habe er selbst auch noch einiges im Auftrage des Herrn zu erledigen, die Sänfte holen, die Diener bestellen und solches mehr. Hakbileh hörte ihm zu, fragte dann plötzlich: «Warum aber, o kluger Bote, will der Herr das Mädchen an einen anderen Ort bringen? Und welcher Art ist denn dieser Ort?» Wenig gefaßt auf diese Frage, fand Omer dennoch die Antwort. «Ich denke mir, o Hanoumdjim, er wünschte völlige Ungestörtheit mit dieser jungen Sklavin; könnte es nicht so sein, daß etwas ihm hier im Hause Unbehagen bereitete? Wo aber der Ort ist . . . glaubst du wirklich, er würde das einem Boten verraten?»

Ein listiges Lächeln begleitete seine Worte, und die Alte erwiderte es. «Du magst recht haben, o kluger Bote. Andere Weiber sind da, die immer störend sind, wenn eine Neue kommt. In wieviel Zeit also sollen wir bereit sein?» – «In einer kleinen Stunde, Hanoumdjim; und noch eines: verrate den anderen Frauen nichts von des Herrn Vorhaben und sorge, daß die junge Sklavin einen warmen Überwurf habe . . . es wird dunkeln, bis wir ankommen, und die Nächte sind kalt.»

Damit grüßte er höflich und wandte sich ab, wobei er daran dachte, wie sehr kalt die Nächte in der Wüste sind und daß er einen seiner eigenen großen Wüstenmäntel noch für die zarte junge Last werde mitnehmen müssen. Und jetzt wieder zum Kaffeehaus des Schükri zurück, dort wieder eilig, mit flatterndem Reitermantel zu dem geruhsam rauchenden Ferid, der ihm neugierig entgegensah, denn um ehrlich zu sein, hatte er die Rückkehr des Boten erwartet, der ihm alle geheimnisvollen Geschehnisse erklären würde. Darum, als sich Omer zu ihm herabbeugte und voll Wichtigkeit flüsterte, eifrig und geheimnisvoll, wunderte sich der schlaue Ferid in keiner Weise, lauschte nur aufmerksam. Omer zeigte ihm verstohlen das in seiner Hand liegende goldene Mühür und flüsterte schnell: «Herr und Gebieter, sieh hier, dieses goldene Mühür gab mir der gleiche Mann, der auch das Aghyzlyk durch mich schickte. Er bittet dich, Herr, hier auf ihn zu warten und auch, wenn es später wird als das Abendgebet, noch zu warten, verstehst du, Herr? Er wird kommen, so schnell er es vermag; nimm das goldene Mühür, ehe uns jemand beobachtet. Schnell, Herr, schnell!»

Von diesem Verhalten angesteckt, nahm Ferid eilig das goldene Mühür, betrachtete die Zeichen seines Namens darauf, schüttelte den Kopf und bemerkte fragend: «Das muß ein großes Geschäft sein, worum es hier geht. Weißt du etwas davon, Bote?»

Noch tiefer beugte sich Omer nieder und flüsterte fast unmittelbar am Ohr des Alten ein Zauberwort: «Haschisch!» Dann eilte er wie gepeitscht davon, seiner Rolle getreu. Denn die Droge, gehandelt mit Lebensgefahr, erworben um schwindelhafte Preise, verkauft zu unwahrscheinlich hohem Gewinn, bedeutete immer und überall noch das begehrteste geheime Geschäft, darauf der alte Ferid warten würde, und wenn es die ganze Nacht hindurch sein sollte. Man bedenke – was mußte dieses Geschäft abwerfen können, wenn vorher schon solch kostbarer Backschisch verabreicht wurde!

Omer begab sich nun in aller Behaglichkeit zu dem von ihm und seinen Freunden benutzten Lager und Stall, dem großen Han, wo er sicher war, Hassan und Achmed anzutreffen. Er täuschte sich auch nicht, denn es war alles vorbereitet, und auf seinem Lieblingskamel befand sich bereits die mit Teppichen und Polstern weich und warm ausgestattete Haudah, darin die Frauen zu reisen pflegen. Nun galt es nur noch, eine Sänfte und ihre Träger ausfindig zu machen, was bald geschehen und um den Preis eines halben Goldstückes geordnet war. Neben der Sänfte herlaufend, so als habe er Fittiche an den Füßen, erreichte Omer wieder das Haus des Ferid und klopfte zum viertenmal an diesem Tage an die schwere Pforte. Dieses Mal aber ward sie ihm sogleich aufgetan, und wortlos kamen zwei tief verschleierte Frauen heraus, eine alte und eine junge gingen, ohne die verhüllten Köpfe zu heben, auf die Sänfte zu, die unmittelbar vor dem Tore stand und deren schmale Tür bereits einladend geöffnet war, stiegen ein und zogen die Vorhänge von innen zu, wie es die Sitte verlangt. Omer stand schweigend dort, den Blick gesenkt, wie es sich für einen Mann in der Nähe von Frauen geziemt, und schloß die Tür der Sänfte, als beide Frauen darin saßen.

Ebenso stumm setzten sich die Sänftenträger in Bewegung, und wieder lief Omer beflügelten Fußes neben seiner kostbaren Beute her. Die Träger, die genau Bescheid wußten und reich bezahlt worden waren, liefen zum großen Han, in dem die Karawanenwaren gestapelt wurden und die Kamele hausten, und setzten dort die Sänfte nieder, zogen die Tragstangen aus den Haltern und gingen davon. Hinter ihnen schlossen Hassan und Achmed die schweren Torflügel, die zur Sicherung der Waren sehr dauerhaft gefertigt waren. Eine Weile stand die Sänfte ruhig dort, und nichts war zu hören als das seltsame Schnaufen der Kamele, nichts zu verspüren als ihr unverkennbarer Geruch. Die alte Hakbileh, an das gedankenlose Gehorchen gewöhnt und behaglich in das weiche Polster der Sänfte gekauert, bereitete sich zu einem kleinen Schlaf vor, bis es dem Herrn genehm sein würde, weiter über sie zu befinden. Die junge Zafireh aber fühlte eine große und unerklärliche

Aufregung in sich hochsteigen. Sie hatte die schnaufenden Laute erkannt, hatte vor allem den geliebten, den vertrauten Geruch der Kamele eingeatmet. Die Tochter des Wüstenscheichs sog diesen Freiheitsdunst durstig in sich ein, und als sie zur Seite sehend bemerkte, daß die Alte schlief, schlug sie ihren Schleier zurück und beugte sich zu der Fensteröffnung hin auf ihrer Seite; mit unendlicher Vorsicht hob sie den Vorhang ein wenig und spähte hinaus ... ach, wie schlug ihr das Herz hoch und bang bei dem vertrauten Anblick, der sich ihr bot! Denn da waren sie, die Freunde ihres Lebens, da standen einige der Kamele schlafend mit gesenkten Köpfen, andere kauerten am Boden und bewegten die Lippen wie schnalzend, und sie erweckten jenen Eindruck tiefster Behaglichkeit, wie ihn nur ein ruhendes Kamel zu vermitteln vermag.

Nach einem prüfenden Seitenblick auf die alte Dienerin, die unbekümmert weiterschlief, beugte sich Zafireh noch etwas vor, und da erschrak sie tödlich, denn sie hörte in nächster Nähe eine flüsternde Stimme. «Erschrick nicht, Schöne, Liebliche, ich will dir nichts Böses, nur will ich dich dem alten Manne, der dich heute kaufte, entführen; ist es dir genehm, so beuge dich vor und sieh mich an. Aber bewahre Ruhe und Vorsicht. Ich stehe nahe deiner Fensteröffnung.» Atemlos beugte sich Zafireh vor und sah in ein schönes, junges, entschlossenes Gesicht, in strahlende Augen. Sie sog die Luft ein, als sei es der erste Trank eines

Verdurstenden, und flüsterte hastig: «Hol mich, o hole mich, Schönster!»

Omer zögerte nicht. Einen Blick nur warf er in die Sänfte auf die schlafende Alte, winkte nach rückwärts, und während er auf seiner Seite die Tür der Sänfte für Zafireh öffnete, eilten die Freunde herbei, um von der anderen Seite her der Alten habhaft zu werden. Omer zog Zafireh zu sich heran und schlang einen bereitgehaltenen Mantel um sie, indessen die Freunde aus der Alten ein wohlverschnürtes Bündel machten und ihr den Mund mit ihren eigenen Schleiern schlossen. Dann ließen sie die Sänfte stehen.

Omer brachte Zafireh zu der Haudah seines knienden eigenen Reittiers, half ihr hinein, schwang sich auf den Hals des Kamels und sagte leise: «Steh auf, Ischmal!» Das Kamel erhob sich mit der üblichen Schwankbewegung, und Zafireh atmete tief, denn Freiheit bedeutete diese vertraute Bewegung . . . Freiheit!

Die Freunde öffneten die Tore des Hans, wünschten lachend frohe Reise und gingen ihres Weges, um die Sänftenträger wieder herbeizuholen. Nach einiger Zeit kamen die Braven ihrem Auftrag gemäß gemächlich herbei und brachten die Sänfte wiederum zum Hause des Ferid, wo sie sie niedersetzten und bis zum Morgen stehenließen. – –

Der alte Ferid selbst, der viele Stunden lang auf den geheimnisvollen Geschäftsfreund gewartet hatte, begab sich endlich müde und verärgert heim. Vor seinem Hause fand er eine Sänfte stehen, die er erstaunt betrachtete; einen Blick warf er hinein und bemerkte eine fest verschnürte weibliche Gestalt. Welche Bösewichter hatten das getan? Als er näher hinsah, entdeckte er am verschleierten Kopf der Gestalt einen Zettel angeheftet; er nahm ihn und las dieses:

«Dem ehrenwerten Ferid Baba zu wissen:

du kauftest eine Sklavin für dreißig Goldstükke. Ich zahlte dagegen:

für ein Aghyzlyk	fünf Goldstücke;
für ein Mühür	drei Goldstücke;
für Backschisch............	zwei Goldstücke;
für Schreiber und Sänfte	ein Goldstück
	= zusammen elf Goldstücke

und erhielt dafür ein schönes junges Weib.

Es war sehr preiswert und das zu Recht, denn Alter zahlt mit Gold, Jugend mit Freude. Du aber gewannst ein neues Aghyzlyk und ein neues Mühür. Der Bote grüßt dich ... Preis sei Allah.»

Ferid band schweigend die alte Dienerin los, strafte sie nicht und befahl ihr, über alles zu schweigen, wie auch er selbst es tat.

In der Nacht der Wüste aber erfüllte jeder Schritt der Füße eines edlen Kamels das Kismet der jungen Zafireh, und ein junger Wüstenreiter gewann sich Liebe und Ruhm ... Preis sei Allah!

Das Bazilikonmädchen

Bazilikon, nicht wahr, das weiß ein jeder, ist eine kleine grüne Pflanze, die überall bei uns zum Würzen verwendet wird. Woher sie ihren königlichen Namen hat, das weiß niemand, denn Wassilikon heißt zu Griechisch königlich. Sei dem, wie ihm wolle, im Garten der Frau, die auf dem großen Grundstück zusammen mit ihrer Tochter eine Gärtnerei betrieb, wuchs das Bazilikon in verschwenderischer Fülle und war der Obhut und Pflege der Tochter allein anvertraut. Wer immer in der Nachbarschaft das würzige Kraut brauchte, wandte sich an das Bazilikonmädchen, dessen eigener Name ganz vom würzigen Duft des kleinen Krautes überdeckt worden war. Das Bazilikon hatte sie nahe einer Hecke gepflanzt, welche das große Gartengrundstück von einem ebenso weitläufigen trennte, das einem reichen Bey gehörte, aber nur zum Schmuck und zur Erfreunis des müßigen Besitzers diente.

Wie es nun geht mit denen, die um des Müßigganges willen zu leben scheinen, sie kommen auf törichte Gedanken. So war es auch hier. Der Bey, der hinter der Hecke den verschleierten Kopf des Mädchens auftauchen und wieder verschwinden sah (denn es versteht sich, daß das Bazilikonmädchen, mochte die Hitze auch noch so groß sein, verschleiert in ihren Bazilikonbeeten arbeiten mußte), der Bey also schlenderte an dieser Hecke entlang und rief halblaut einiges. Er sagte wieder und wieder das gleiche: «Bazilikonmädchen, Bazilikonmädchen, wann darf ich deine Wange küssen?» Nun ist es mit solcher Frage ein eigenes Ding – kann man auf sie eine Antwort geben? Kann man etwa sagen: «Am Dienstag um dreieinhalb» oder auch: «Am Freitag um Viertel nach zehn» – kann man das? Und wenn ein junger Mann da wie ein Hahn auf und ab schreitet, immer versuchend, die Hecke zu überblicken, die aber zu hoch für seine Körpergröße geriet ... wenn er aber außerdem nichts unternimmt, nur immer nach dem für einen Wangenkuß passenden Zeitpunkt fragt, ist es da nicht verständlich, wenn dem Mädchen auf der anderen Seite der Hecke die stumme Wut aufsteigt? Schweigend bückte das Bazilikonmädchen ihren verschleierten Kopf über ihre Pflanzen, tat, als höre und sähe sie nichts, und in ihr kochte es vor verächtlichem Zorn. «Du Tor du, du großer, schöner, dummer Narr, was fragst du so albern und tust nichts? Bist du ein Mann, oder siehst du nur so aus? Und weißt du dir nichts Besseres als einen Wangenkuß?»

Es ist ja selbstverständlich, daß sie wußte, wie er aussah, denn wenn es eine Hecke gibt und auf der einen Seite ist ein Mann, auf der anderen ein Mädchen, so hat diese Hecke ein Loch, das gute Sicht gewährt. Fragt sich nur, auf welcher Seite

sich das Loch befindet, danach kann dann alles Weitere gefolgert werden. Bei dieser Bazilikonhecke nun befand sich das sorgfältig hergestellte Loch, das eine ausgezeichnete Sicht gewährte, auf der Seite des Mädchens, wie auch aller Witz und aller Scharfsinn auf ihrer Seite zu suchen war.

Der Bey, wir wissen es schon, war ein schöner Jüngling, und, wie es meist bei der Schönheit der Fall ist: sie wird allein verschenkt, nicht zugleich mit Geist und Klugheit. Doch auch ihm wurde die Sache mit dem geforderten Wangenkuß mit der Zeit langweilig, und als sein Diener Achmed ihn eines Abends, während er ihm den Rücken nach dem Bade rieb, bemerkte: «Herr, ich höre dich immer das Bazilikonmädchen um einen Wangenkuß fragen, willst du in dieser Sache nicht einmal etwas tun, wenn dir wirklich daran liegt?», da gab der Bey ganz aufgeregt zur Antwort: «Aman, Achmed, was kann man denn tun, wenn ein Mädchen niemals antwortet?»

Da Achmed hinter seines Herrn Rücken arbeitete, konnte der Bey das mitleidige Lächeln auf dieses klugen Mannes Gesicht nicht sehen, denn wie viele dumme und gutmütige Jünglinge wußte er nichts davon, wie sehr die Klugen sie mißachten und bemitleiden. «Herr», sagte Achmed, «wenn du wirklich dem Bazilikonmädchen einen Wangenkuß geben willst, so wird sich das ohne Schwierigkeiten machen lassen. Du mußt nur gestatten, daß ich dich nach Art eines einfachen Fischers kleide, dir einen Fischkorb mit einem großen schönen Fisch verschaffe, und alles ist schon getan.»

Ein letztes festes Reiben des Rückens, und Achmed sah lächelnd in das erstaunte Gesicht des schönen Jünglings. Es machte ihm immer wieder Spaß, diesen Ausdruck erstaunter Bewunderung in den Zügen des Bey zu finden, wenn er mit einem seiner Vorschläge herauskam. «Fischer? Ein Fischkorb? Ich verstehe das gar nicht, Achmed, mein Lieber. Willst du es mir nicht erklären?» – «Gewiß, Herr, das will ich. Sieh, es ist so: Du gehst mit diesem Fischkorb herum und rufst vor dem Haus der Gärtnersfrau, auf der anderen Straßenseite, du habest einen herrlichen Fisch billig zu verkaufen. Man wird dich hereinrufen und dich um den Preis fragen, und dann nennst du eben den Wangenkuß als Preis. Kannst du mich verstehen, Herr?»

Der Bey brach in helle Begeisterung aus, erklärte seinen Diener für die höchste Spitze aller Klugheit und war bereit, das Abenteuer schon am nächsten Tage anzugehen. Mit vielerlei Späßen wurde er dann auch in die von Achmed beschaffte Fischerkleidung gesteckt und ihm der Korb mit dem Prachtstück von Fisch unter den Arm gegeben. «Achte darauf, Herr, daß du nur vor dem Haus der Gärtnerin rufst, sonst ist alles umsonst», das war die letzte Ermahnung, und dann zog der Bey davon, nachdem Achmed noch feststellte, daß das Mädchen nicht an der Hecke, also wohl daheim sei. Der Bey handelte getreu nach des Dieners Anweisung; er begann erst vor dem Hause der Gärtnerin zu rufen, er habe einen schönen Fisch billig zu verkaufen, und sah diese fleißige und treffliche Frau dann auch vor die Tür treten.

«Zeig deinen Fisch, du Fischer», sagte sie und konnte den Bey, den sie niemals nahe gesehen hatte, auch deshalb nicht erkennen, weil er die Mütze der Fischer aus Cypern trug, die flach ist und einen langen, breiten Zipfel hat, den die Fischer gegen die Blendung der Meeresoberfläche sich vor die Augen legen – auch dieses ein Zeichen von Achmeds Klugheit. Der Bey trat stumm und verlegen ein, schlug wortlos die verhüllende Dekke von seinem Fischkorb zurück und zeigte die Pracht des herrlichen Tieres, das sie beide starr anglotzte. Die Gärtnersfrau war von dem Anblick des seltenen Fisches so stark beeindruckt, daß sie alle Vorsicht vergaß und die angebotene Ware zu loben begann.

«Und was verlangst du für das Stück Fisch? Was nennst du billig? Kann man jemals einem Händler trauen, der so spricht?» – «Ich will kein Geld, Hanoum. Ich will etwas anderes», sagte so ungeschickt wie möglich der Bey. «Ha, du Elender, hast du den Fisch vielleicht gar gestohlen und willst nun deshalb kein Geld? Rede, Feigling!»

Niemals noch hatte irgend jemand so mit dem Bey gesprochen, und er bekam heftige Angst vor der Frau, die zu überlisten er gekommen war. Aber die Gärtnerin, die seit langem sich ihr Leben selbst verdiente, war es gewohnt, ihre Meinung zu sagen, und sprach noch ein Weilchen in ähnlich lebhafter Art weiter. Von den lauten Worten angezogen, war die Tochter lautlos herbeigekommen und stand nun hinter dem Vorhang, der den Vorraum abschloß, spähte neugierig hindurch. Beinahe wäre ihr ein Schrei entschlüpft, als sie das schöne verlegene junge Gesicht des Bey erkannte, und sie verhielt sich mäuschenstill, um keines seiner Worte und keine seiner Bewegungen außer acht zu lassen. In ihr jubelte es, denn sie glaubte, ihn nun doch verkannt zu haben, als sie ihn für einen Toren hielt. War er so listig, dieses hier zu wagen, wer weiß, was dann noch folgen konnte?

Der Bey, nahezu erstickt unter der Flut von Beschimpfungen, faßte sich urplötzlich ein Herz und schrie heraus, entschlossen, die Gärtnersfrau zu übertönen: «Hanoum, so höre mich endlich, ich beschwöre dich! Ich stahl den Fisch nicht, aber ich verkaufe ihn dir nur um einen Kuß deiner Tochter!» Vor seinem eigenen Mut erschrak er, als er das gesagt hatte, und sah die Frau unter dem Mützenzipfel hervor besorgt an. Es war aber auch, um Sorge zu haben, denn nun rückte sie erst richtig ins Gefecht und sagte alles, was sie einem unverschämten, einem elenden, einem ganz frechen Lump von Fischer mitzuteilen hatte. Der Bey aber wartete gespannt auf den Augenblick, in dem sie Luft holen mußte zwischen zwei Großgefechten, und rief: «Nur ein Kuß auf die Wange, und ich rühre sie nicht weiter an!»

Da war die Redeflut wie auf ein Zauberwort hin gedämmt. Die Frau sah den Jüngling an und dann den Fisch, und es war wirklich ein sehr schöner Fisch . . . billig, nun ja . . . man würde aufpassen. «Du wirst die Hände auf dem Rücken halten?» Der Bey strahlte auf. «Ich werde sie fest auf dem Rücken halten.» Die Frau sagte streng: «Du wirst nur die Wange küssen, nur diese?» Der Bey beteuerte: «Nur diese und nur die eine.» Noch ein Blick auf den Fisch, der unbewegt glotzend den Blick wiedergab, während die Frau berechnete, wie viele und wie geartete Mahlzeiten damit herzustellen wären. Ja, es war billig, wirklich billig! Laut und durchdringend erhob sich dann ihre Stimme, nach der Tochter rufend.

Das Bazilikonmädchen hatte sich nur mühsam hinter ihrem Vorhang des Lachens enthalten können beim Anblick des beschimpften Bey. Als sie dann das Zaudern der Mutter bemerkte, war sie lautlos und hastig davongeeilt, um aus einem entfernten Raume des weitläufigen Hauses dem Ruf der Mutter Antwort geben zu können und sich auch hastig den Schleier überzuwerfen. Dann kam sie, die Ahnungslosigkeit in eigener Gestalt, daher, sagte, ganz gehorsame Tochter: «Du hast gerufen, Mutter?»

Der Bey, der das Mädchen noch niemals außerhalb der schützenden Hecke erblickt hatte, war betroffen von ihrer Schönheit. Die schlanke Gestalt, die stolze Haltung, die weiche Stimme . . . Maschallah, welch ein Mädchen! Und er würde ihre Wange küssen infolge dieser seiner mutigen Tat. So voll Bewunderung seines eigenen Tuns war er, daß er kaum auf die Unterhaltung zwischen Mutter und Tochter achtete, was bedauerlich schien, da sie immerhin bemerkenswert blieb.

«Ich rief dich, meine Tochter», sagte die Gärtnerin, «um dich zu fragen, wie du diesen Fisch findest?» Das Mädchen ließ sich nichts anmerken, betrachtete den Fisch prüfend und gab dann ihr Urteil scheinbar sachlich ab: «Es ist ein besonders schöner und sehr seltener Fisch. Willst du ihn kaufen, Mutter? Und ist er nicht sehr teuer?» Die Mutter zögerte nun doch etwas mit der Antwort, entschloß sich aber dann schnell und sagte ruhig: «Es kommt darauf an, was man unter teuer versteht. In diesem Falle, meine Tochter, wäre der zu bezahlende Preis durch dich zu entrichten, wenn du dich nämlich dazu verstehen könntest, dir von diesem Fischer die Wange küssen zu lassen.» Jetzt hörte der Bey wieder zu und verging fast vor Spannung. Das Mädchen sagte in dem gleichen sachlichen Ton wie vorhin: «Und wenn ich es erlaube, bekommst du den Fisch umsonst, Mutter?» Die Gärtnerin antwortete nicht unmittelbar, beugte sich nur nochmals über den Fischkorb und sagte abschätzend, wie empfehlend: «Sieh nur, wie groß und dick er ist! Ich denke, wir könnten sogar drei Mahlzeiten davon haben, meinst du nicht?» Das Mädchen, immer im gleichen kühlen Ton sprechend: «Du hast recht, Mutter, es ist billig.»

Sie ging auf den Bey zu, hob ein wenig den Schleier über der linken Wange hoch und sagte: «Nimm deine Bezahlung!» Die Mutter rief heftig: «Hände auf den Rücken!» Der Bey tat, wie sie befahl, legte die Hände auf den Rücken, küßte das kleine ihm freigegebene Stück Wange, wandte sich ab und ging wortlos davon. Sagten wir nicht schon, daß schöne Jünglinge meist nicht klug zu sein pflegen? Nun ja, so war es auch hier.

Das Mädchen sah ihm nach und wußte nicht, was sie denken sollte . . . tat er so oder war er so? Sie sollte nicht lange im ungewissen bleiben. Als sie am Tage nach dieser Fischgeschichte wieder an der Hecke mit ihrem Bazilikon arbeitete, kam der Bey wie auch vorher immer herbei, stand auf der anderen Seite und sagte: «Bazilikonmädchen, das ich an der einen Wange geküßt habe . . . wann darf ich die andere Wange küssen?» Es ist nicht zu beschreiben, welch ein Zorn das Mädchen packte! So dumm zu sein, so albern zu fragen, dabei so stark und jung und schön . . . das war doch zum Verzweifeln! Warte, dachte sie, dir werde ich es beibringen und zeigen, warte du nur! Wie vorher auch antwortete sie der törichten Frage nicht und ging ihrer Arbeit nach.

Als sie sich entfernt hatte, begab sie sich auf die Suche nach einem jener geschmeidigen Zweige des Baumes, der sich über das Wasser neigte, nahm einen und legte ihn für die Nacht in einen Wasserkübel. Am Tage darauf aber, nachdem der Bey wieder seine Frage gestellt hatte und sich in einen Kiösk begab, wo er stets seine Ruhe während der heißesten Zeit zu halten pflegte, schlüpfte das Mädchen durch ein sorgfältig bereitetes Loch der Hecke hindurch ... etwas, das dieser Tor von einem Jüngling auch weder bedacht noch bemerkt hatte ... glitt in der heißen Mittagsstille im Schatten der Bäume dahin, die durch das Wasserbad ganz biegsam gewordene Rute in der Hand, und kam unbemerkt am Kiösk an. Dort lag er und schlief, dieser schöne und törichte Jüngling, und das Mädchen stand eine Weile atemlos still, ihn zu betrachten, ja, sie wurde durch den Anblick fast schwankend in ihrem Vorhaben. Dann sagte sie sich aber, daß sie nicht schwach werden dürfe, daß er lernen solle, ein Mann zu sein, durch Zorn es lernen. So nahm sie die Rute fester in die Hand, schlich nahe herzu und begann den Schläfer mit Hieben zu bearbeiten, wobei sie leise und heftig sagte: «Das hast du für die geküßte Wange, das für die ungeküßte», und noch einmal, und wieder.

Da war er aus der Schlafverwirrung ganz wach geworden ... kein Wunder auch! ... sprang hoch, wollte die Frevlerin packen, aber alles, was er in Händen hielt, war ein Schleier, und es half nichts, daß er das leichte Gewebe in Fetzen riß, die Trägerin war flüchtigen Fußes längst auf der anderen Seite der Hecke wieder angelangt. Der Bey bebte vor Zorn. War so etwas erhört ... ein Weib hatte einen Mann geschlagen?! Was war zu tun, wie war diese Schmach auszulöschen? Hier konnte auch Achmed und dessen Schlauheit nicht helfen, denn dergleichen sagte man seinem Diener nicht, und es gab nur eine einzige, die man zu Rate ziehen konnte, wenn sie auch nicht völlig eingeweiht werden durfte: seine Mutter.

Nachdem er sich mühsam beruhigt hatte, suchte also der Bey diese kluge Frau auf und legte ihr nach der gebotenen ehrfürchtigen Begrüßung eine Frage vor: «Sage mir, o meine Mutter, wenn es sich so träfe, daß eine Frau, ein Mädchen, einen Mann tödlich beleidigt hätte, welches wäre dann die härteste Strafe, die er ihr auferlegen könnte, ohne allzusehr die Sitte zu verletzen?» Die Mutter sah den Sohn kurz an, fragte dann, ohne von ihrer Seidenstickerei aufzusehen, leise: «Handelt es sich um dich, mein Sohn? Ich kann dir besser raten, wenn ich es weiß.» Der Bey blickte nicht zu ihr hin, murmelte: «Du sagst es, Mutter, um mich.» Lächelnd sah die kluge Frau auf, fragte halblaut: «Du willst sie so hart wie möglich strafen, ist es so?» Ganz streng und entschlossen klang die junge Stimme, als der Bey antwortete: «So ist es, Mutter.» Das Lächeln um den Mund der Mutter vertiefte sich, und sie sagte heiter: «Dann heirate sie, mein Sohn», worauf sie sich wieder über ihre Stickerei beugte. «Heiraten? Warum das, Mutter?» Sie sah nicht auf, als sie sagte: «Du kannst strafen, wie immer du willst, wenn du Ehemann bist . . . außerdem, mein Sohn, ist es schon eine Strafe, wenn du sie ehelichst, die Arme!» Das sagte sie so leise, wie die kluge Mutter eines törichten Sohnes dann zu sprechen pflegt, wenn sie es sich erlaubt, die Wahrheit zu sagen, was nur selten geschehen darf.

Inzwischen hatte der Bey ihre Meinung erfaßt und brach in Begeisterung aus: «Das ist ein wunderbarer Gedanke, o meine Mutter! Wie recht du hast, wie klug du bist, wie ich dich bewundere! Willst du dann gehen und sie mir zur Frau fordern, damit ich bald zu strafen beginnen kann, Mutter, ich bitte dich?» Erstaunt sah die Mutter auf. «Aber, mein Sohn, noch sagtest du mir nicht, wen du meinst? Kenne ich sie?» Er lachte ein wenig verlegen, denn was würde seine Mutter, die reiche, die edel geborene Frau, zu seiner Wahl einer Gärtnerstochter sagen? Zögernd und abgewandt antwortete er: «Ich weiß nicht, ob du sie kennst, Mutter . . . es ist das Bazilikonmädchen.» Der Mutter fiel ihre Stickerei aus den Händen, sprachlos erstaunt sah sie ihren Sohn an, wiederholte leise: «Das Bazilikonmädchen? Gewiß kenne ich sie. Aber, mein Sohn, sie ist sehr klug, sie ist sehr tatkräftig . . .» Der Bey murmelte vor sich hin: «O ja, das ist sie!» Erstaunt über die Unhöflichkeit der Unterbrechung fragte die Mutter: «Was sagtest du, mein Sohn? Du stimmtest mir zu? Du befürchtest nicht das Zusammensein mit einem so klugen Mädchen?» Unwillig, tief verstimmt über das wiederholte Betonen der Klugheit, sagte der Bey und erhob sich von dem Kissen, auf dem er am Boden vor der Mutter gesessen hatte: «Genug gesprochen, Mutter. Es muß sein, daß ich diese eheliche, sei sie nun dumm oder klug, denn du selbst rietest mir an, daß ich sie solcherart am besten strafen kann. Willst du sie mir zur Frau erfragen, Mutter?»

Die kleine zierliche Frau erhob sich nun auch und stand vor dem Sohne, der sie weit überragte; sie reckte sich hoch und umfaßte seinen schönen Kopf, küßte ihn leicht auf die Wange. «Ich werde sie dir gerne zur Frau erfragen, mein Kind, und ich freue mich, daß du eine so kraftvoll gesinnte Gattin haben wirst. Sei gesegnet, mein Sohn, und strafe sie nicht zu hart!»

Der Bey ließ sich die seltene Liebkosung nur widerwillig gefallen, denn er war so zornig, daß keine weicheren Gefühle in ihm Platz hatten. Seine Mutter aber begab sich noch am selben Tage hinüber zu der Gärtnersfrau, die sie mit Staunen empfing und mit noch größerem Staunen ihr Anliegen vernahm. Es wäre ihr niemals in den Sinn gekommen, daß so etwas möglich würde, aber sie zeigte sogleich, welcher Art und Gesinnung sie war, indem sie die strengen Regeln der Sitte ohne Zögern durchbrach. Sie sagte voll Ruhe und Sicherheit: «Herrin, ich danke der hohen Ehre, die du mir antust, und ich weiß wohl, daß mir nun nichts anders bliebe, als zuzustimmen. Aber meine Tochter und ich, wir arbeiten seit langem zusammen, und so ist es ihr gutes Recht, befragt zu werden in dieser Sache, die ihr Leben allein betrifft, so wie ein Mann befragt werden würde . . .

arbeitet sie doch einem Manne gleich. Willst du erlauben, Herrin, daß ich sie rufe?» Die Mutter des Bey dachte daran, wie sie ihrem Sohne von der Tatkraft des Bazilikonmädchens gesprochen hatte, und sie lachte leise. «Es ist mir sehr recht», sagte sie, «rufe deine Tochter.»

Zu ihrem Erstaunen erhob sich darauf die Gärtnerin und stieß einen langgezogenen Vogelruf aus, lauschte dann angespannt, und nach kurzer Zeit erklang entfernt der gleiche Ruf als Antwort. «Sie ist im Gartengrundstück und arbeitet; so haben wir es schon länger ausgeübt, uns zu rufen, es geht schneller, weißt du, Herrin.» Die Mutter des Bey begann sich ausgezeichnet zu unterhalten; endlich erlebte sie einmal etwas anderes als den wohlgeordneten Tagesablauf einer reichen Frau! Wie aber kam es, daß ihr Sohn, dessen langsamer Geist sie oftmals ungeduldig machte, an diese Frauen geraten war, die von Lebenskraft und Klugheit leuchteten und sprühten? Maschallah, dann würden des Sohnes Kinder auch so sein . . . Allahu Akbar!

Jetzt kam das Bazilikonmädchen, hörbar schon von weitem, lief sie doch auf Holzsandalen; sie rief, ehe sie sichtbar wurde: «Was ist, Mutter, daß du mich rufst, wo ich die neuen Pflanzen einsetze? Geschah dir etwas . . .?» Hier stockte ihr die Rede, denn das Mädchen wurde der Besucherin ansichtig, und sie, die von allem wußte, was im Hause des Bey vorging, erkannte sogleich seine Mutter. Sie verneigte sich tief, die Arme über der

Brust gefaltet, die Hände an die Schultern angelegt, und murmelte: «Hanoum Effendim», wobei ihr Blick fragend von einer der Frauen zur anderen glitt. Die Mutter des Bey, die das Mädchen zum erstenmal in der Nähe sah, musterte es verstohlen, lächelte dann und sagte: «Deine Mutter wird dir bekanntgeben, weshalb ich kam.»

Die Gärtnersfrau, die, um die ganze Wahrheit zu sagen, sich ein wenig vor ihrer Tochter fürchtete, wie das manche Mütter tun, räusperte sich verlegen, brachte dann leise hervor: «Meine Tochter, die Hanoum ist gekommen, uns die Ehre anzutun und auch dich zu fragen . . .» Das Bazilikonmädchen wurde ebenso ungeduldig, wie sie schuldbewußt war, denn konnte es nicht sein, daß der Sohn sich bei der Mutter beklagt hatte? So sagte sie schnell, alle gebotene Ehrfurcht vergessend: «Djanoum, meine Mutter, rede endlich . . . was geschah? Sage es, und es sei vorbei!»

Die Mutter des Bey mußte herzlich lachen, denn sie liebte solche Gradheit, und lachend sagte sie: «Ich kam, dich zu fragen, ob du meines Sohnes Frau werden willst», mit welch fast unglaublichen Worten sie jeder Sitte in das altehrwürdige Antlitz schlug. Das Bazilikonmädchen strahlte auf, so als sei hinter ihren Augen die Sonne aufgestiegen, warf sich vor der lachenden Frau auf den Boden, küßte deren Füße und sagte laut, entschlossen: «Ich werde es mit Freuden, Hanoum Effendim, und will dir eine gute Tochter sein.» Die Mutter des Bey beugte sich nieder, packte das

Mädchen an den Schultern, zog es zu sich heran, küßte es auf beide Wangen und sagte tiefbefriedigt: «Das wirst du gewiß sein, meine Tochter, und ich denke, du wirst meinem Sohn einiges von dem zeigen, was er bisher nicht wußte, und das ist gut. Aber höre, was ich dir zu berichten habe: er will dich ehelichen, um dich zu bestrafen, und ich, die nicht wußte, daß du es seist, um die es geht, habe es ihm geraten, was mich schmerzt.» Das Bazilikonmädchen warf den Kopf zurück und lachte aus voller Kehle. «So ist doch ein Mann in ihm, nicht nur ein schöner Jüngling! Er will mich bestrafen? Das ist gut und schön!» Hier aber mischte sich die Gärtnersfrau besorgt ein: «Du redest, wie so oft schon, Torheit, meine Tochter! Weißt du denn, was dir bei einem Ehemann alles geschehen kann an Ungutem? Ich bitte und beschwöre dich, tue es nicht, mein Kind, aman, tue es nicht!»

Das Bazilikonmädchen ging zur Mutter, klopfte sie beruhigend auf den Rücken, sagte lächelnd zu der Mutter des Bey: «Hanoum Effendim, du weißt nicht, was diese Gute und Treue schon an mir zu leiden hatte! Du wirst es leichter haben, denn nur wer lebt, leidet auch. Aber, vielgeliebte Mutter, höre mich an: Diesen Jüngling will ich und keinen anderen. Aus ihm und mir werde ich ein Glück schaffen, wenn er ein Mann geworden ist. Lasse mich meinen Weg gehen, ich bitte dich!» Die Mutter neigte ergeben den Kopf, murmelte «Allah ismagladih» und ließ allem Weiteren seinen Gang. Der Mutter des Bey aber klang noch lang dieses Gesagte nach: «Nur wer liebt, leidet auch.» Wie weise war dieses junge Herz . . . und würde es unmöglich sein, daß auch sie, des Jünglings Mutter, nicht noch lernen würde zu lieben und somit zu leiden an dem Bazilikonmädchen? Allah bilir.

Und wie es der Bey wünschte, fand nach kurzem die Hochzeit statt. Sie wurde wie je und stets gefeiert; wie man genugsam weiß, solcherart, daß die Braut auf ihrem Thronsessel sitzt und die Frauen des Viertels ihr Geschenke bringen, die Männer indessen das Festessen halten, zu dem ein jeder zugelassen wird. Als am Abend alle Frauen das Haus verlassen hatten, geleitete die Mutter des Bey des Bazilikonmädchen in das Brautgemach, wo das Lager gerichtet war; nun wäre es Sache der Dienerinnen gewesen, die Braut zu entkleiden und festlich hergerichtet auf das rosenfarbene Lager zu setzen. Die Braut sagte jedoch leise zu ihrer Schwiegermutter: «Hanoum Effendim, wolle diesen Dienerinnen gebieten, uns allein zu lassen, ich bitte dich.» Zwar sah die ältere Frau die jüngere erstaunt an, doch tat sie nach deren Verlangen. Das Bazilikonmädchen ließ sich auf dem Bettrand nieder, seufzte ermattet und bemerkte müde: «Dieses Sitzen auf dem Brautthron hat mich mehr ermüdet als das Bepflanzen von zehn Beeten! Uff aman, welch eine Quälerei! Nun aber will ich dir etwas anvertrauen, Hanoum Effendim, denn einiges mußt du erfahren: ich habe, als der Bey wie üblich kam, um mich als sein Weib auf diesem Brautsessel zu begrüßen, nicht, wie vorgeschrieben, ihm mein Gesicht gezeigt; nur den Schleier hob ich ein wenig und sagte: ‹Bey Effendim, nun kannst du die andere Wange küssen.› Was aber tat er? Er schlug mich auf diese Wange!»

Die Mutter des Sünders war ehrlich entsetzt, sah aber voll Staunen, daß diese ihre neue seltsame Tochter wieder belustigt lachte. Ihren Ausrufen der Entrüstung antwortete ein heiteres: «Und er tat recht daran, glaube es mir, Herrin. Nun aber will ich auch jetzt, hier auf dem Brautbett, verschleiert bleiben, und deshalb sollten die Dienerinnen gehen. Ich beschwöre dich, meine Herrin, habe Geduld mit mir, und eines Tages wirst auch du Freude erleben. Inzwischen erlaube mir nach meinem Willen zu handeln, ja, Herrin?» Was blieb da anderes übrig, als zuzustimmen? Die Hanoum küßte die Braut auf die mißhandelte Wange, sprach ein leises Segenswort und ließ das Bazilikonmädchen allein.

Erwartungsvoll saß sie nun dort auf dem rosenfarbenen Lager, in der Art wie noch niemals eine Braut, nämlich tief verschleiert, eingehüllt in diesen Schleier wie in einen Mantel. Ihr Herz schlug schnell, aber nicht vor Liebe und Sehnsucht, sondern vor Ungeduld, denn es gab an diesem Abend und in dieser Nacht noch einiges zu tun, was sie geplant hatte. Aber manch einer dünkt sich klug und plant, und alles wird anders, ist es doch nie

der Mensch, der plant, nein, sondern nur das Kismet.

Es dauerte nicht lange, da wurden schnelle Schritte hörbar, und der Bey trat ein. Das Bazilikonmädchen sah sofort, daß auch er nicht die für eine bräutliche Gelegenheit gebotene Kleidung angelegt hatte, sondern nur über seine Festgewänder einen dunklen Mantel geworfen. Er kam zu der gleich einem verschleierten Bilde auf dem Bett sitzenden Frau heran, verneigte sich höflich und geziemend und sagte: «Meine Gemahlin, ich habe ersonnen, die Hochzeitsnacht draußen, in dem warmen und blühenden Garten zu verleben, und habe jenen Kiösk dafür herrichten lassen, den du gut kennst. Ist es dir genehm, so begeben wir uns dorthin.»

Das Bazilikonmädchen vermutete wohl, daß hinter diesem seltsamen Vorschlag sich etwas Besonderes verberge, aber das gehörte mit zu dem Abenteuer dieser eigenartigen Eheschließung und wollte erlebt werden. Also erhob sie sich bereitwillig und bemerkte erst jetzt, daß der Bey einen zweiten, dem seinen gleichen dunklen Mantel bei sich trug. «Ich brachte diesen Burnus mit», sagte er und hüllte sie vorsorglich ein, «weil es draußen doch vom Nachttau kühl sein könnte. Komm, ich führe dich, meine Gemahlin.» Damit nahm er sie beim Ellbogen und geleitete sie sorgsam durch die ihr noch unbekannten weiten Gänge des Hauses, kam an eine kleine nur angelehnte Seitentür, und schon waren sie im sommerlichen

Nachtleben des wohlbekannten großen Gartens. Der Bey hielt immer noch führend den Arm seiner jungen Frau fest, murmelte hie und da eine Warnung vor einem Stein, einem Ast, der niedergebrochen war, und lockerte dann so plötzlich seinen Griff, daß das Mädchen ein wenig stolperte, den Halt verlor und voll Erschrecken merkte, daß der Boden unter ihrem Fuß nachgegeben habe. Sie versank, in ein tiefes dunkles Erdloch fallend. Der Bey stand droben und tat nichts, ihr zu helfen, lachte nur leise vor sich hin, wartete, bis das Geräusch ihres Sturzes nachließ, beugte sich dann über das Erdloch und sagte: «Gefällt dir der Platz, den ich für unsre Brautnacht erwählte, o Bazilikonmädchen, das ich an der Wange geküßt und geschlagen habe?»

Sie hatte sich so schnell wie möglich von ihrem Schreck erholt und begriff, daß dieses ein Teil der Strafe war, die er sich für sie erdachte und die sie nicht allzu töricht fand. So antwortete sie halb lachend: «Es gefällt mir besser hier als droben in deinem Bett, o Bey, den ich am hinteren Teil geschlagen habe!» Deutlich vernahm sie, wie er einen Fluch unterdrückte, dann sagte er: «So bleibe dort, bis auch du zu Erde wirst!» und sie hörte seine Schritte sich entfernen.

Nun gut, da saß sie. Was aber jetzt tun? Die Mutter rufen, die wußte immer Rat. So wartete sie, bis sie sicher war, der Bey habe sich ins Haus begeben, dann stieß sie jenen Vogelruf aus, mit dem sie sich zusammenzufinden pflegten, diese zwei Gärtnerinnen. Die Mutter, die sich nach dem Dämmern in ihr vereinsamtes Haus zurückbegeben hatte, hörte den Ruf wohl, nahm aber an, sie habe sich getäuscht. «Es ist unmöglich, daß ich den Ruf hörte, feiert doch mein Mädchen ihre Hochzeitsnacht.» Aber wieder erklang der Ruf und noch einmal, da mußte etwas geschehen sein!

Die Gärtnersfrau nahm ein Windlicht zur Hand, und durch das Loch in der Hecke ging sie, immer leise dem Vogel gleich rufend und sich nach der Antwort richtend, in dem dunklen Garten dahin, wobei sie hoffte, daß es niemandem einfiel, nachzuforschen, wieso mitten in der Nacht zwei Vögel sich so seltsam andauernd riefen. Plötzlich erschrak sie sehr, denn fast zu ihren Füßen vernahm sie die Stimme ihrer Tochter. «Vorsicht, Mutter, fall nicht auch herein, ich sitze hier in einem Erdloch, hab acht!» – «Aman, meine Tochter, wie konnte das geschehen?» Zu ihrem Erstaunen hörte sie die Tochter leise lachen. «Er hat es ersonnen, um mich zu strafen, Mutter; er ist so dumm nicht. Wir aber müssen nun dieses tun: wir müssen herausfinden, ob er nachschauen kommt, ob er Speisen sendet, kurz, was er zu tun gedenkt: die Diener, verstehst du, man wird sie zahlen. Indessen werden wir von diesem Loch aus einen Gang graben und gleich damit beginnen. So er es lange betreiben will, kann ich dann immer zu dir hinüberschlüpfen, Mutter, und wieder da unten sein, wenn er nachschauen kommt.»

Wie es das Bazilikonmädchen gesagt hatte, so geschah es. Die Mutter half der Tochter heraus, man holte Geräte und begann zu graben, die eine von dieser, die andere von jener Seite her. Am Morgen dann geschah es, daß der Bey seiner Mutter mitteilte, das Bazilikonmädchen habe ihm während der Nacht so sehr mißfallen, daß er es der Gärtnerin zurückgeschickt habe. Eine alte Dienerin der Gärtnerin aber begann sich mittels des Besitzwechsels einiger Goldstücke mit Achmed zu unterhalten und fand so heraus, daß der Bey beabsichtigte, meist vor Sonnenuntergang zu jenem Erdloch zu gehen. Der Bey lachte mit Achmed; Achmed lachte mit der Dienerin; die Dienerin lachte mit der Gärtnersfrau; die Mutter des Bey lachte mit dem Bazilikonmädchen, und jeder achtete darauf, daß nicht der andere das Lachen vernehme. Und so sieben Tage lang: des Nachts graben, dann durch den Gang kriechen zum Hause der Mutter, den Tag verborgen dort verbringen; zur Zeit des Sonnenunterganges im Loch sitzen, lauschen auf den Schritt des Bey. «Bazilikonmädchen, das ich an der Wange geküßt und geschlagen habe, bist du da?» Und die Antwort: «Bey Effendim, den ich am hinteren Teil geschlagen habe, ich bin hier.» Ein leises Fluchen, und er ging wieder. «Djanoum, ist das auch eine Ehe?» fragte der Diener Achmed die alte Dienerin der Gärtnersfrau. «Jeder nach seinem Geschmack», gab sie lachend zur Antwort. Nach sieben Tagen aber fühlte sich der Bey von dieser Strafart so gelangweilt, daß er nach der üblichen Begrüßung mit dem Wangenkuß sagte: «Ich verreise und wünsche dir gute Zeit inzwischen.» Sie antwortete: «Auch ich wünsche dir gute Zeit, Bey Effendim. Und wohin reisest du?» – «Geht es dich etwas an, daß ich nach Syrien reise?» fragte er voll gelangweilten Zornes und ging davon. Sie aber kroch so schnell sie es vermochte durch den Gang zum Haus der Mutter.

«Mutter», sagte sie atemlos, «lasse sogleich Achmed hierherrufen, ich habe mit ihm zu sprechen. Mataba soll sich beeilen!» Achmed, durch viele Goldstücke angeregt, kam eiligst herbei, und es begann ein langes Beraten, das darin gipfelte, daß er versprach, seinen Schwestersohn rufen zu lassen, der zur Zeit ohne Herrn war. «Er kennt sich vortrefflich mit Pferden aus, Herrin, und er weiß, wann er zu schweigen hat. Er wird dir und dem Bey ebenso ergeben sein, wie ich es bin. Was aber die Kleidung anlangt, Herrin, so hole ich sie selbst . . . besser auch, ich hole meinen Schwestersohn gleich dazu herbei, du kannst ihn dann sehen und sprechen.» Noch in derselben Nacht wurden zwei Pferde gekauft und die Kleidung eines Touareg von Achmed beschafft.

Der jüngere Mann, Sali mit Namen, verschrieb sich mit Leib und Seele der so großmütig zahlenden Herrin und freute sich des bevorstehenden Abenteuers ebenso, wie diese es tat. Die Gärtnersfrau allein war entsetzt, als ihr einfach gesagt wurde: «Ich reise nach Syrien, Mutter, wünsche mir einen langen Schatten!» Ob sie denn noch so sicher sei zu Pferde wie einstmals, als der Vater lebte? Ob sie noch mit Waffen umgehen könne? Ob sie sich denn gar nicht fürchte? und was dergleichen Mutterfragen mehr sind.

«Nur eines, Mutter, ist's, was ich fürchte: ob ich noch genug Schach spielen kann . . . nur das! Übe ein wenig mit mir, wie wir es früher taten, willst du?» Ratlos fragte die Mutter: «Bist du sicher, meine Tochter, daß dir der Schreck in jenem Erdloch nicht die Sinne verwirrt hat . . . denn wie, um der Liebe guter Geister willen, kommst du jetzt darauf, nach Schach zu fragen?» «Mutter», gab das Bazilikonmädchen mit jener nachsichtigen Geduld zur Antwort, die Jugend für das Alter aufbringt, «o Mutter, ist es dir nicht bekannt, daß der Bey täglich mit Achmed Schach spielt, wenn er keinen Freund findet, der bei ihm bleibt? Und so, Mutter, wird er jetzt einen Touareg finden, der mit ihm spielt.»

An diesem Punkte der Unterhaltung angelangt, beschloß die Gärtnersfrau, von nun an nichts mehr zu fragen, lag ihr doch daran, ihren eigenen klaren Verstand zu bewahren. Hatte zudem die Tochter nicht ein Recht auf ihr freies Handeln, da sie eine verheiratete Frau war, wenn auch vorläufig nur mit einem Erdloch verehelicht?

Was nun den erwähnten Touareg anlangt, so begriff die Gärtnersfrau bald, was es mit den Angehörigen dieses berühmten und berüchtigten Stammes auf sich hatte, diesen unübertrefflichen

Reitern und Räubern, die dunkel verschleiert wie ein Heer der Schatten auf dunklen Pferden dahergebraust kommen und verschwunden sind, ehe man sie noch bemerkte oder sich ihrer zu erwehren vermochte. Denn der von Achmed erwähnte Schwestersohn Sali brachte die schwarze Kleidung eines Touareg am nächsten Morgen und auch zwei Pferde nebst einem Esel zum Tragen der Vorräte und Zeltgeräte. Und dann verwandelte sich vor den Augen der Mutter das Bazilikonmädchen in einen schlanken, schmalen Touareg, dessen schwarzer Burnus die junge Gestalt völlig verhüllte. Dieser gleiche dunkle Reiter aber legte großen Wert darauf, selbst einen leichten Korb zu packen, der alle Pracht und Lieblichkeit weiblicher Kleidung enthielt, zugleich mit einem großen goldgestickten Schleier und einem kleinen rosenfarbenen Gesichtsschleier, der kaum durchsichtig war.

Mitten in diese Vorbereitungen hinein erschien die Mutter des Bey, die sich in letzter Zeit auffallend oft im Hause der Gärtnersfrau aufhielt. Sie und der Touareg hatten miteinander viel heimlich zu flüstern und zu beraten, worauf dann beim Abschiednehmen feierlich Segen für die Reise mitgegeben wurde. Der Touareg lachte siegesgewiß und versicherte der Schwiegermutter, bald gute Nachricht zurückzubringen. Eine unruhige Nacht verging, und als die Nachricht kam, der Bey sei unterwegs, nahm auch der Touareg von der Gärtnersfrau Abschied und ritt mit Sali davon, das beladene Eselchen brav und eifrig hinterher. Da Achmed dem Schwestersohn genaue Anweisung für den Reiseweg des Bey gegeben hatte, entstanden keinerlei Schwierigkeiten, und genau einen Tag nachdem der Bey sein Lager aufgeschlagen hatte, tat der Touareg in geringer Entfernung das gleiche. Es verging kaum genug Zeit, um sich einzurichten, da erschien schon Achmed, der die Vorsichtsmaßregeln eines lichtscheuen Wesens gebrauchte, um nicht vom Lager seines Herrn aus gesehen zu werden.

«Maschallah, Hanoum Effendim, welch großartiger Spaß!» sagte er und lachte vor sich hin. «Und wie alles gelingen wird! Schon langweilt sich der Bey und sagte mir, er kenne nun schon alle meine Züge und es bereite ihm keine Freude mehr, mit mir Schach zu spielen, am besten, man reise weiter und begebe sich in eine andere Gegend, wo es Städte gebe und nicht diese Stille rings herrsche. Darum, Hanoum Effendim, wird es gut sein, wenn Sali dich noch vor Sonnenuntergang anmeldet, so es dir genehm ist.»

Der Touareg, unkenntlich unter seinem schwarzen Schleier, stimmte sogleich zu und gab dann, als Achmed gegangen war, Anweisung, den Korb mit den Kleidungsstücken ins Zelt, neben das Ruhelager zu stellen. Darauf wurde Sali fortgeschickt, nachdem ihm nochmals eingeschärft worden war, genau auf das zu achten, was er dem Bey zu sagen habe, und dabei den gebührenden Ernst zu bewahren. Sali versprach, sein Bestes zu tun, und nach kurzer Zeit meldete Achmed seinem gelangweilten Herrn, es sei ein fremder Diener da, der gebeten habe, den Herrn sprechen zu dürfen. Ob er hereinkommen dürfe? «Ein Diener in dieser Einöde? Wie ist das möglich?» fragte der Bey, schon etwas aufgeheitert. Achmed machte ein teilnahmslos ernstes Dienergesicht, wie es das in der ganzen Welt zu allen Zeiten gibt, und sagte mit dem üblichen farblosen Dienerton, der zu diesem Gesicht paßte: «Einer hat sein Lager in der Nähe aufschlagen lassen vor kurzem; dessen Diener wird es sein, der vor dich gebracht werden will, Herr.» Der Bey gab erfreut seine Zustimmung, war ihm doch schon jede Abwechslung recht.

So betrat Sali das Zelt, verneigte sich gebührend und sagte tief ernst, wohl bewußt, daß sein Oheim ihm von draußen zuhöre: «Bey Effendim, mein Herr, ein vornehmer Touareg entbietet dir seinen Gruß und läßt dich ehrerbietig fragen, ob es dir recht wäre, am heutigen Abend mit ihm Schach zu spielen?» Der Bey antwortete erfreut und eifrig: «Sage deinem Herrn meinen Dank und bestelle ihm, daß ich ihn erwarte zu jeder Zeit, die ihm beliebt.» Schweigend verbeugte sich Sali und verließ das Zelt; draußen flüsterte ihm Achmed zu: «Gut so, mein Neffe, auf diese Art wird man ein vollkommener Diener, so mache weiter.» Stolz kehrte Sali zu seinem «Herrn» zurück, und nun, da es soweit war, schlug das Herz des Bazilikonmädchens doch recht bange unter ihrer Männerkleidung. Aber sie richtete sich stolz auf und ging schwingenden Schrittes zu dem nahe gelegenen Zelt des Bey hinüber. «Herr», sagte sie sehr leise und etwas heiser sprechend, «vergib, wenn ich so verschleiert vor dich trete, aber es ist uns verboten, anders in Gesellschaft zu weilen. Du willst es mit mir und meiner geringen Kunst im Schach versuchen?»

Dem Bey, der das Bazilikonmädchen noch kaum sprechen gehört hatte, fiel nichts auf; er sagte einige Höflichkeiten, wies auf die Polster am Boden und das bereitgestellte Schachbrett. Sogleich begann das Spiel. Achmed erschien und brachte Kaweh; der Touareg, der Mühe hatte, ernst zu bleiben, sah nicht auf. Es wurde gespielt, und der Bey erkannte bald, daß der Partner ihm nicht gewachsen war. Wie hätte er sich gewundert, wenn er gewußt hätte, daß die nur schwachen Gegenzüge mit Absicht getan wurden! Nach einiger Zeit dann war der Bey Sieger. Der Touareg senkte scheinbar beschämt den schwarz verschleierten Kopf und sagte sehr leise: «Herr, gegen einen Meister wie dich vermag ich nichts ... doch wolle mir erlauben, dir einen Siegespreis anzubieten, da du, Herr, ihn reichlich verdientest.» Der Bey wehrte ab, durfte aber nicht unhöflich erscheinen und erwartete nun, irgendeine Kleinigkeit überreicht zu bekommen, daran er, der im Reichtum lebte, gewiß kein Gefallen finden würde. Doch horchte er bei den nächsten Worten des Touareg auf, war erstaunt, ja, erregt.

Denn der Verlierer sagte: «Da deine Kunst so groß ist, Herr, verdient sie auch den höchsten Preis, den ich zu vergeben habe. Ich habe eine Sklavin, Herr, und sie ist mir sehr viel wert, doch willst du, so sende ich sie dir zu für diese Nacht . . . ist es dir so genehm?»

Eifrig beugte sich der Bey vor, erschöpfte sich in Dankesbezeigungen und konnte nicht lebhaft genug versichern, wie sehr ihm dieser Gewinnerpreis behage. Der Touareg erhob sich, der Bey tat ein gleiches; unmittelbar bevor er das Zelt verließ, wandte sich der Touareg um, sagte vertraulich: «Herr, erlaube mir noch zu sagen, daß diese meine Sklavin etwas seltsam ist und sehr schamvoll . . . sie kann es nicht ertragen, wenn man ihr Antlitz erblickt, und sie liebt es nicht zu sprechen. Würdest du ihr gestatten, schweigend und verhüllten Gesichts bei dir zu sein?» Der Bey lachte, sagte heiter: «Wenn nur ihr Antlitz verhüllt bleibt, soll es mir recht sein!» Der Touareg aber murmelte vor sich hin: «Auch ist sie einer nicht durchbohrten Perle gleich», verbeugte sich tief und war gegangen.

Völlig aus der Fassung geraten, sah der Bey dem Besucher reglos nach. Unberührt war diese Sklavin, und der Touareg hatte gesagt, sie sei ihm wert? Seltsam, mehr als seltsam! Was konnte das auf sich haben? Aber darüber nachzudenken, blieb nicht viel Zeit, denn nun war es schon fast Abend, und mit der Schnelligkeit, mit der die Nacht in unsren Breiten sinkt, dunkelte es bereits. In hoher Erregung gab der Bey Achmed Befehle; vielerlei an Erfrischungen wurde bereitgestellt, Kerzen wurden entzündet ... es sollte ein hohes Fest werden, und von dieser Nacht erhoffte der Bey völliges Vergessen jenes Bazilikonmädchens, das daheim im Erdloch saß und ihm nach Art des Unerfüllten nicht aus dem Sinn ging.

Zur selben Zeit aber bereitete sich seine junge Frau vor, die Hochzeitsnacht mit ihm zu feiern. Aus jenem Korbe wurden die zarten Seiden und Schleiergewänder genommen, Duftwässer machten das Zelt einem Blumengarten gleich. Um das Gesicht des Mädchens legte sich fest der rosenfarbene Schleier, der kaum zu durchschauen war, und dann hüllte der große Schleier die ganze Gestalt ein. Einer Peri gleich im Dunkel der Weite anzuschauen, huschte das Bazilikonmädchen in das Zelt des Bey hinüber, um ihres Gatten Weib zu werden.

Draußen hielt Achmed Ausschau, dem von der Mutter des Bey auf die Seele gebunden worden war, wie ein Genieh über die junge Herrin zu wachen, daß kein Schatten der üblen Nachrede sie berühre. Und so verging die Nacht der Verzauberung, hielt doch der Bey ein schweigendes Geheimnis in den Armen. Als die Dämmerung sich zu zeigen begann und das junge Weib sich stumm erhob, nahm sie seine Hände und führte sie mit einer Gebärde tiefster Ergebenheit an die Brust. «Mein Kleinod», sagte er und mußte sich mühsam fassen, so schwer wurde es ihm, sie gehen zu lassen, «du warst das vollkommene Wunder, das tiefe, stille Glück. Nimm diese Kette aus reinsten Perlen, gleich deiner Unberührtheit, die du mir gabst, und wisse, daß ich dich niemals vergessen werde, niemals!»

Sie hüllte sich fest in ihren weiten Schleier ein und huschte davon, während ihre Tränen an dem rosenfarbenen Gesichtsschleier entlangliefen. Schon hatte Sali begonnen das Lager abzubrechen, und nur ihr eigenes Zelt stand noch; in höchster Eile verwandelte sich das junge verhüllte Weib in einen verhüllten Touareg, und kaum daß der Tag anbrach, waren sie schon unterwegs in der Richtung auf die Heimat zu.

Als der Bey aus tiefstem Schlafe erwachte und Achmed nach dem Touareg fragte, konnte dieser durchtriebene und doch so getreue Diener nur berichten, daß von dessen Lager nichts mehr zu sehen sei. Der Bey ließ sofort das eigene Lager abbrechen und begab sich an Plätze, wo ihm Zerstreuung winkte, doch gelang es ihm nirgends, das Erinnern an sein schweigendes Wunder zu übertäuben.

Indessen war das Bazilikonmädchen heimgekehrt und führte im Hause der Mutter ein Leben der Verborgenheit. Sie ließ die Diener viel daran arbeiten, den Gang zum Erdloch zu erhöhen und verbreitern, und erhielt oftmals den Besuch der Mutter des Bey, der sie immer wieder von des Touareg Erlebnissen berichtete. Die Freude der

Schwiegermutter, als sich herausstellte, daß die junge Frau nicht mehr allein sei, war unbeschreiblich. «Von Anbeginn an habe ich gesagt, daß deine und meines Sohnes Kinder etwas Besonderes sein würden. Daß sich aber noch ein Touareg hineinmischen würde, das, meine Tochter, hatte ich nicht erwartet!» Und sie lachten zu dritt zusammen.

Nach Monaten erst kehrte der Bey nach Hause zurück, und nun wurde es dem Bazilikonmädchen nicht ganz so leicht mehr, durch den Gang zum Erdloch zu gelangen, wie sehr der auch erweitert worden war. Immerhin, es ging noch, und als sie die Stimme ihres Mannes hörte, der oben stand und sein Sprüchlein vom Wangenkuß sagte, da mußte sie heimlich lachen über seinen Irrtum, vermochte es aber nicht, ihre frühere herbe Antwort dem zu geben, den sie zärtlich liebte. So sagte sie nur leise: «Du befiehlst, mein Bey», und ließ ihn verwundert davongehen.

Jetzt aber griff die Mutter ein, die um das werdende Kind bangte, und sie forderte von ihrem Sohne, er solle die Sache mit dem Erdloch endlich aufgeben, lachten doch schon alle Diener darüber. Zu ihrer Überraschung stimmte der Bey sogleich zu und sagte: «Mir ist die Sache längst leid, Mutter, und ich denke, ich werde mich von dem Bazilikonmädchen nun trennen, um vielleicht dann eine andere zu ehelichen . . . denkst du nicht auch so, Mutter?» Die Frau stammelte nur erschreckt: «Wie du befiehlst, mein Sohn», und eilte hinüber, diese Entwicklung mit dem Bazilikonmädchen zu besprechen. Zu ihrem Erstaunen aber begrüßte diese seltsame junge Frau den Entschluß des Bey lachend und erheitert. «Sage ihm doch, o meine Mutter, er solle mir die Scheidung im Erdloch aussprechen, dann ist uns allen geholfen, wußten wir doch bisher nicht, wie wir mein Fehlen dort erklären sollten während der Zeit, da unser aller Kind geboren werden wird. Es ist alles gut so, Mutter, auch wenn er sich wieder verheiraten will, lasse es zu, nur suche es hinauszuzögern, bis unser Kind einige Monate alt ist . . . dann wird auch dieses sich gut gestalten, glaube mir, Mutter!»

Die beiden Mütter lauschten voll Sorge, konnten aber, wie immer, nichts gegen den starken Willen der Tochter ausrichten, und so gab die eine Mutter, die des Bey, dem Sohne zu verstehen, daß es recht und passend sein würde, da seine Ehe bisher nur in einem Erdloch bestanden habe, auch über diesem Erdloch die Scheidung auszusprechen. Der Bey lachte und erklärte sich einverstanden. Am Tage darauf, als das Bazilikonmädchen durch die Diener benachrichtigt worden war, daß der Bey zum Erdloch komme, saß sie wartend unten und spähte zu ihm hinauf, der langsam sich etwas herabbeugte. Er sah nur einen verschleierten Kopf, dachte einen Augenblick lang an sein verschleiertes Wunder, das er nie vergaß – ist doch ein schweigendes Weib der Wunder höchstes! –, und sprach dann feierlich und laut die uralten Worte, die eine Scheidung bedeuten, sowie sie ausgesprochen sind: «Dein Antlitz ist mir wie dein Rücken, hebe dich hinweg.» Leise, ein wenig lachend klang es zurück: «Du befiehlst, Herr.» Er vernahm ein Rascheln, etwas wie ein Rauschen, und dann war Stille. «Wohin kann sie nur verschwunden sein, sie, die im Erdloch saß? O Bazilikonmädchen, wie schade ist es doch um dich!» Und wie er es dachte, wußte er nicht, wen er meinte, die süße, verschleierte Sklavin des Touareg oder das Mädchen hinter der Hecke mit dem Bazilikon.

Wie dem auch sei, hier gefiel es ihm nicht mehr. Reisen wollte er wieder, nach Ägypten, weit fort. Nichts sollte ihn mehr erinnern an Erdlöcher und schweigende Sklavinnen. Käme er zurück, würde die Mutter ihm eine Frau suchen, und alles wäre vorbei, was in Gedanken peinigte und sich als Träume erwies. Und so reiste er wieder in die Welt, ohne daß dieses Mal ein Touareg seiner Spur folgte.

Für seine Mutter wie für die Gärtnersfrau begann nun eine glückliche Zeit. Das ersehnte Kind wurde geboren, war ein Knabe und füllte die Tage der drei Mütter aus. Doch gab die junge Mutter keine Ruhe, vielmehr versuchte sie wieder und wieder, die Mutter des Bey dazu zu bestimmen, mit der Suche nach des Sohnes neuer Frau zu beginnen. «Und vergiß nicht, Mutter, es muß ein Mädchen sein, dessen Angehörige ganz bescheidene Leute sind und deren Zorn leicht mit Geld zu beschwichtigen ist. Denke daran, und suche bald die Rechte.»

Alles gestaltete sich dann so, wie der starke junge Wille es befahl. Nach einem halben Jahre erst kehrte der Bey zurück, zum Manne gereift und voll ernster Ruhe, wie seine Mutter berichtete. «Ich habe es immer gewußt, daß er so werden würde», sagte die junge Frau und drängte nun mehr und mehr auf die Festsetzung der neuen Heirat. Die Mutter hatte das gewünschte Mädchen für den Sohn gefunden, und er wehrte sich kaum, als sie ihn mahnte, nun die Hochzeit stattfinden zu lassen. Ihm war es gleich, denn keine Frau hatte ihn in der Zwischenzeit so beglückt wie die schweigende Sklavin, keine ihm so viel Kopfzerbrechen verursacht wie das Bazilikonmädchen, und er war sicher, diese unvermeidliche Ehe, die sein Haus mit Kindern bevölkern sollte, würde ihn nur langweilen, wie es meist die Gebote der Sitte taten.

Er kümmerte sich auch um fast nichts, wußte nicht einmal den Namen der Braut, überließ alles seiner Mutter, und die Hochzeit wurde, wie das üblich ist, hergerichtet. Droben auf dem Brautthron saß die Braut, deren alltägliches Gesicht der Bey einen Augenblick lang gesehen hatte, dann ging er wieder hinunter in den großen Raum, wo das Festessen gerichtet war und seine Freunde sich vereinigt hatten. Sie saßen auf niedern Polstern um die Tafel herum, hinter jedem zweiten Gast stand ein Diener mit den goldenen Becken und Kannen duftenden Wassers, über dem Arm ein feines, gesticktes Tuch zum Abtrocknen der Finger. Die Geladenen zerrissen mit leichten und zierlichen Bewegungen gebratene Hühner und aßen mit Löffeln aus Schildpatt und Korallen den gelben Reis der Hochzeitsspeise dazu, nahmen dann Früchte und Süßigkeiten. Von draußen kamen viele herein und nahmen, wie üblich, am Mahl teil, doch achtete der Bey ihrer nicht, der auch den Freunden den Anschein erweckte, als ginge ihn das Ganze nichts an. Plötzlich aber sahen sie ihn sich aufrichten, sahen, wie er aufsprang, wie er einem schlanken schwarzgekleideten Jüngling entgegeneilte, der soeben den Raum betreten hatte und dessen dunkel verschleiertes Antlitz in der farbenfrohen Gemeinschaft fast erschreckend wirkte.

Die Freunde hörten, wie der Bey mit bebender Stimme ausrief: «Touareg, mein Freund, welch gutes Kismet führt dich her in mein Haus? O mein Freund», fügte er dann leise hinzu und zog den Touareg ein wenig beiseite, «wie oft habe ich deiner gedacht! Wie bin ich hierhin und dorthin gereist, immer hoffend, dich wiederzufinden – vergeblich! Aber sage mir, ich beschwöre dich», und der Bey neigte sich zu dem dunklen verschleierten Kopf, flüsterte: «Hast du deine schöne Sklavin noch?» Der Touareg gab ebenso leise zur Antwort: «Ich habe sie noch, Herr . . . wolltest du etwa wieder Schach um sie spielen, Herr? Und . . .» Der Touareg winkte, und hinter ihm zeigte sich das vertraute Gesicht des getreuen Achmed, dieses Mal jedoch ohne jede Dienermiene, vielmehr mit einem Ausdruck so strahlender Freude, daß jedes Auge sogleich gefesselt ward; der Gegenstand dieser hohen Freude des Dieners aber war ein kleiner Knabe, der ihm auf dem Arm saß und der in seinen winzigen Fäustchen eine wunderbare Perlenkette auf und nieder tanzen ließ. Der Touareg fuhr fort: «. . . und ihr wieder eine Perlenkette schenken, Herr?»

Der Bey starrte den Touareg an, starrte das Kind an, griff nach der Perlenkette, die die kleinen Fäuste aber festhielten. «Habe acht, Herr, er wird sie zerreißen», sagte Achmed warnend. «Sage Babam, mein Kleinod, sage Babam.» Die weichen Lippen versuchten es nachzustammeln. «Aman, ich verstehe nicht. Ist er meiner? Und wo ist sie . . . wo ist sie . . .? Touareg, so unter deinem schwarzen Schleier ein Funken von Mannestum lebt, hilf mir, hilf mir, ich bitte dich!» Bei den Worten vom Mannestum unter dem schwarzen Schleier bekam Achmed einen Anfall, von dem man nicht wußte, ob er zum Ersticken führen würde. Nur eilige Flucht schien hier zu helfen.

Auch der Touareg benahm sich seltsam, stammelte endlich: «Herr, könnten wir wohl in einen anderen Raum gehen? Ich erkläre dir dann alles.» «Ja, komm, komm, schnell!» rief der Bey, faßte den Touareg beim Arm und zog ihn fort. Sie verschwanden in einem Nebenraum. Nach kurzem stürzte aus eben diesem Nebenraum ein aufgeregter Mann hervor, lief, als sei Feuer hinter ihm, hinauf zu den Frauengemächern, fand sie seltsamerweise verlassen von allen Frauengästen, raste auf den Brautthron zu, stieß atemlos hervor: «Dein Antlitz ist mir wie dein Rücken, hebe dich hinweg von hier!», wandte sich ab und schrie zu seiner Mutter hin, die unerwarteterweise lächelnd am Eingang stand: «O Mutter, schaffe diese Fremde fort! Schnell! Und komm herunter, meinen Sohn zu sehen und sie, seine Mutter. O Mutter, die süße Sklavin im Bazilikon! Ach Mutter, kann ein Mensch so glücklich sein? Perlen in meines Sohnes Händen, eine Perle, seine Mutter ... o komm doch, komm!» Die Mutter sagte leise: «Ich komme; doch aus Mitleid lasse mich diese hier erst fortschaffen. Und du, gehe zurück zum Bazilikon und atme seinen herben Duft, mein geliebter Sohn.» Der Bey ging langsam, fast ein wenig feierlich zurück zum Duft des Bazilikon, murmelte hauchleise: «Strafen wollte ich und wurde gesegnet ... welch ein Tor war ich, und wie barmherzig ist Allah!» Dann packte es ihn, und er lief wie ein Knabe hin zum Glück.

Die graue Taube

Ein Padischah sah alle seine Kinder eines frühen Todes sterben, und ihm blieb endlich nur ein Töchterchen. Bei deren Geburt befragte er einen Deuter der Sterne, und dieser riet ihm, das Kind niemals in Berührung mit Wasser, Luft und Erde kommen zu lassen, es auch niemals das Licht der Sonne erblicken zu lassen, sonst werde er auch dieses letzte Kind verlieren.

Nach Art der Menschen, die nicht an das Kismet glauben, verstand der Padischah diese Worte nach dem Laut ihrer Silben, nahm das Kind aus den Armen seiner sterbenden Mutter und brachte es in einem unterirdischen Raume unter mit einigen Dienerinnen und der Amme. Die Sklavinnen ließ der Padischah einen erschreckenden Schwur tun, daß sie dem Kinde niemals Luft, Wasser, Erde oder das Sonnenlicht zeigen würden, und baute dann ein prächtiges unterirdisches Serail, darin alles, was es auf der Oberfläche der Erde gab, künstlich hergestellt war. Die Luft kam durch kunstvoll angelegte Schächte herab, also doch von oben her, und ebenso war es auch mit dem Wasser; aber alle Gewächse waren aus Edelsteinen nachgebildet, und das Licht stammte aus unzähligen Öllampen, die überall geschickt angebracht waren.

Der Padischah freute sich seiner Erfindungen und besuchte die kleine Tochter hie und da. Aber irgendwo lächelte ein Genieh über diese Torheiten, denn auf eine ganz alltägliche Art drang alles, was Allah geschaffen hat, in dieses unterirdische Gemach des Menschenwitzes ein. Es geschah so: Notgedrungen mußten die Kräuter, das Gemüse und ähnliches für die Bereitung der Speisen von oben her kommen; es gab hierfür eine steile, schmale Stiege, die gut versteckt war und den einzigen Zugang zur Oberwelt bildete. Zum Ausgang dieser Stiege pflegte ein Gärtnerbursche seine Körbe zu bringen, und eine nur zu diesem Dienst bestimmte Sklavin nahm ihm alles ab.

Ob nun hier, ob dort – wenn eine junge Sklavin einen jungen Gärtnerburschen täglich trifft, so ergeben sich Gespräche, die mit den Waren des Gärtners wenig zu tun haben und die oftmals ein Verschieben des Schleiers hervorrufen. Ist aber ein Schleier erst richtig verschoben, so kann das leicht eine gewisse Zerstreutheit verursachen, und aus solcher heraus wird dann das oder jenes achtlos fallen gelassen. So auch hier. Was liegen blieb, davon die junge Sklavin nichts wußte, war nur ein kleines Stück Bazilikon; doch lag dieses auf einem sehr hellen Teppich, nicht weit vom verborgenen Zugang der heimlichen Treppe.

Die Prinzessin Gisliha – was so viel heißt wie die Verborgene – schritt müde und teilnahmslos über die weichen Teppiche dahin und stand plötzlich, so als sei ein Hindernis vor ihr aufgetaucht, vor dem kleinen Stück Bazilikon still. Sie hatte dergleichen noch niemals gesehen, hatte sogar etwas Angst vor diesem seltsamen Etwas, das so ganz anders aussah als die grünen Juwelenzweige, die sie kannte. Sie hockte sich nieder und berührte das kleine Kraut vorsichtig mit ihren zarten Fingern, zog dann die Hand schnell zurück, denn das Gefühl, das ihr diese Berührung verursachte, kannte sie nicht. Aber wieder und wieder zog das Unbekannte sie an, und endlich dann nahm sie das Kräutlein auf, hielt es umfaßt und drückte die Nase in seinen feinen und starken Duft. Bei dieser Beschäftigung fand sie die junge Sklavin, die sich irgendwie schuldbewußt fühlte und nachsehen kam, ob sie auch nichts versäumt habe. Die Sklavin erschrak tödlich bei dem Anblick, der sich ihr bot; denn aus diesem Geschehen konnte ihr das grausamste Ende erwachsen. Doch ehe sie, die vor Angst verstummt war, etwas sagen konnte, fragte die Prinzessin lebhaft: «Was ist das, Mirhalah? Kennst du es? Ich sah dergleichen noch niemals!»

Die Sklavin stammelte: «O gib es mir, Herrin, und vergib mir Unwürdigen, denn es ist eine Unsauberkeit, die ich zu entfernen versäumte. Gib es, daß ich es fortwerfe, Herrin!» Aber die Prinzessin hielt das Bazilikon fest an sich gedrückt, stand auf und ging zu dem Brunnenrand hin, der ganz mit Blüten und Gräsern, kunstvoll aus Edelsteinen gefertigt, verziert war. «Sieh nur», sagte die Prinzessin, «wie diese Dinge, die so blitzern, häßlich sind gegen das, was ich halte!

Die Farbe ist anders, und wenn du sagst, Mirhalah, daß ich hier eine Unsauberkeit fand, so möchte ich nur, daß jede Unsauberkeit so süß duftet wie diese! Nein, laß, ich gebe es dir nicht! Und weil du es warst, die dieses fremde Etwas fallen ließ, so nimm das ... Gefällt es dir?» Und die kleine Prinzessin beugte sich zum Brunnenrand nieder, brach eine der im künstlichen Lampenlicht glitzernden Edelsteinblumen ab und reichte sie Mirhalah. Die Sklavin schloß schnell die Hand um das Geschenk, beugte sich nahe zu der Prinzessin, flüsterte: «Verstecke es gut, Herrin, denn es ist verboten, und verrat mich nicht!» Sie wollte forteilen, wurde aber von einer kleinen festen Hand zurückgehalten. «Ich verrate dich nicht, wenn du mir noch mehr solche Unsauberkeiten bringst, und jedesmal bekommst du von diesen Dingern dafür. Willst du, Mirhalah?» Die Sklavin nickte ängstlich und lief fort. Noch mehr solch herrliches Glitzerzeug bekommen? Wie unausdenkbar wunderbar!

Als am nächsten Morgen der Gärtnerbursche kam, berichtete ihm die Sklavin flüsternd von ihrem Erlebnis und zeigte ihm die Edelsteinblume. Der Jüngling drehte das kostbare kleine Kunstwerk zwischen seinen erdigen Fingern hin und her, pfiff durch die Zähne und brachte ein ehrfurchtsvolles «Maschallah!» heraus. «Wenn du noch mehr von diesen Dingen bekommen kannst, und alles für nichts als ein Gewürzkraut, dann hast du auch nur einen Gedanken des Zögerns, du Törin? Körbe voll bringe ich dir und buntes Unkraut dazu!» Doch die Sklavin war klüger als der ungestüme Jüngling, und sie erklärte ihm hastig, wie es bei dieser Sache um Tod und Leben ginge. Der Gärtner aber lachte nur, meinte herablassend: «Du Törin, bedenke doch! Wenn deiner Herrin so viel an dem Kraut liegt, so laß dich immer dafür beschenken, und endlich, wenn genug da ist, laß dir die Freiheit geben, und wir machen eine eigene Gärtnerei auf, von diesen bunten Steinen bezahlt! Verstehst du jetzt endlich? Du mußt es nur klug anstellen, und ich werde es auch tun. Laß immer nur ein Kraut allein fallen oder stecke es deiner Herrin heimlich zu, das ist noch besser, und bald sind wir unsre eigenen Herren. Wird es schön sein, dann zu leben, sage?» Die Antwort verursachte weiteres Verrutschen des Schleiers, und Mirhalah huschte davon, ein Pflänzchen unter ihrem Gewand verborgen.

Da die Sklavin nicht zu der Bedienung der Prinzessin gehörte, sondern in der Küche zu tun hatte, war es schwierig für sie, die Herrin unbeobachtet zu treffen; doch gelang es ihr endlich kurz vor der Abendmahlzeit. Die Prinzessin hatte schon voll Ungeduld auf der Sklavin Kommen gewartet; denn ihr bewundertes Kraut war welk geworden, und sie wußte nichts davon, wie man Lebendes behandelt. Mirhalah, der Worte des Gärtnerburschen eingedenk, gelang es, das frische Kraut neben der Prinzessin fallen zu lassen, und diese, wie jede Frau schnell den liebenswürdigen Betrug er-

lernend, setzte ihren Seidenschuh leicht über das kleine grüne Wunder, wobei sie die bereitgehaltene Edelsteinblume fallen ließ. «Heb mir die Blume auf, Mirhalah», sagte die Prinzessin in befehlendem Tonfall, und als die Sklavin herbeikam, sich tief niederbeugte, flüsterte die Prinzessin: «Komm an mein Lager zur Nacht.» Unter den Schleiern war der Austausch gelungen, und keine der anderen Frauen achtete des kleinen Geschehens.

Aber Mirhalah hatte es schwer, sich in der Nacht aus dem Schlafraum der Sklavinnen zu entfernen, und als sie in dem großen Saal anlangte, in dem die Prinzessin Gisliha allein ruhte, zitterte sie am ganzen Körper vor angstvoller Erregung. Sie duckte sich neben dem Lager der Prinzessin nieder, und diese zog die schweren Seidenfalten, die es umrahmten, um die Kauernde. Tief beugte sich Gisliha herab, flüsterte befehlend: «Nun erzähle mir alles von diesen wunderbaren Dingen. Ich will wissen, was sie sind, woher sie kommen, wie sie genannt werden, und alles, aber auch alles! Verstehst du mich, Mirhalah?» Bebend antwortete die Sklavin: «Du weißt nicht, Herrin, daß der Tod darauf steht, dir von diesen Dingen zu sprechen, und wenn es sich auch nur um Kräuter, die aus der Erde kommen, handelt, sie sind doch Todesbringer für mich Arme.» Gisliha beugte sich noch näher. «Erde? Was ist das? Wie kommt es heraus? Was sind Kräuter? O rede, so rede doch! Ich gebe dir alles, was du willst, nur

rede, ich beschwöre dich!»

Die Sklavin richtete sich ein wenig auf, fragte eifrig: «Gibst du mir noch mehr von den glitzernden Dingen, Herrin, und wenn es gefährlich wird, schenkst du mir dann die Freiheit?» Ungeduldig sagte Gisliha: «Aber was du willst, soviel du willst und auch die Freiheit . . . wer weiß, auch für mich? Nur rede endlich!» Da flüsterte es dann zwischen diesen beiden jungen Wesen die ganze Nacht hindurch, und wenn einer fragen sollte, ob sich die Sklavin nicht Freiheit und Reichtum allzu leicht verdient habe, so ist dem zu erwidern, daß es schwer ist, mehr als schwer, die vertrauten Dinge des Lebens so zu beschreiben, daß einer, der sie nicht kennt, versteht, was gemeint ist. So etwa: Was ist das, Erde? Was ist das, Wachsen? Was ist das, Luft? Was ist das, Weite? Was sind Bäume? Was ist Wärme, was Kälte? O viel, so erschrecklich vieles ist da zu sagen, und wie sollte es die junge Sklavin vermögen, alle solche Fragen zu beantworten?

«So geht es nicht», sagte gegen Morgen die Prinzessin, «du mußt mich hinbringen, daß ich es selbst sehe, Mirhalah!» Kein Gegenreden half, und als beim täglichen Zusammenkommen der Gärtnerbursche erklärte, der Gedanke sei sehr vernünftig und werde ihnen viel einbringen, gab Mirhalah nach, wenn auch voll Angst und Sorge. Sie bekam dann eine ganze Schleierlast voll glitzernder Dinge, und da die älteste Dienerin daran gewöhnt war, daß von Wänden und Zierstücken unausgesetzt viele der Juwelen abgebrochen wurden, spurlos verschwunden blieben und niemals wieder aufzufinden, so machte sie auch jetzt keinerlei Aufhebens, meldete vielmehr in das Serail hinauf, dies und das fehle, man möge es ersetzen. Auch droben fiel es niemandem ein, sich darob zu erregen; denn Reichtum ist da, um geteilt zu werden – sagt so nicht der Prophet? Dessen Name gesegnet sei.

In der nächsten Nacht schlich dann, in den dunklen Schleier der Sklavinnen gehüllt, die Prinzessin mit Mirhalah die schmale kleine Stiege hinauf. Es war eine Mondnacht, und der weite Garten war in das sanfte Licht der Geheimnisse getaucht. Aus dem engen Schacht hervortretend, in den die Stiege eingebaut war, stand Gisliha zum erstenmal in dem jungen Leben ihrer fünfzehn Jahre auf dem Erdboden. Ihre Füße in den seidenen Schuhen, nur an das Betreten weicher Teppiche gewöhnt, spürten die Härte der Erde und bohrten sich in sie hinein. Ihre Augen, nur an das Licht der unzähligen Lampen gewöhnt, sahen das weiche Glänzen des Mondlichts und tranken es in sich ein. Ihr ganzes Sein, gewöhnt an die wohl hohen und weiten, aber doch abgeschlossenen Säle des unterirdischen Serails, warf sich in die Weite von Himmel und Sein, tat es mit einem leisen Jauchzen und mit dem Eintrinken der Erdenluft in ein junges, sich dehnendes Herz. Der Genuß und das andächtige Erfassen waren vollkommen.

Gisliha stand eine kleine Weile regungslos, dann begann sie vorwärts zu laufen, in einer Bewegung, die sie bisher nicht gekannt hatte, und sie tat es mit ausgebreiteten Armen und flatterndem Schleier, so daß sie der atemlos folgenden Sklavin wie ein großer Nachtvogel erschien. Plötzlich stockte der Fuß des hingerissenen jungen Wesens. «Wasser!» flüsterte sie vor sich hin. «Ja, das kenne ich von dort unten. Ob es wohl ebenso ist, dies Wasser?» Und sie folgte dem leisen, singenden Fall eines Brunnens, der seine Wasserstrahlen hochwarf und wieder in sich auffing.

«Auf diesem Brunnenrand wachsen nicht so glitzernde Dinge wie dort unten im Serail. Siehst du, Mirhalah, hier kann man sitzen . . . oh, wie ist es schön und wundervoll!» sagte halblaut die kleine Prinzessin und ließ ihre Hand spielend ins Wasser gleiten.

Plötzlich hob sie den Kopf, denn ein Schwirren ward in der Höhe hörbar, und ein Flug Tauben fiel mit rauschendem Flügelschlag ein, ließ sich auf der Wasserfläche nieder. Eine jedoch dieser seltsamen Nachttauben, eine große graue, setzte sich neben die Prinzessin und sah sie regunglos an. «Herrin», flüsterte angstvoll die Sklavin, die neben der Prinzessin stand und sich dauernd voll Sorge umschaute, ob man sie auch nicht entdecke, «Herrin, laß uns fort von hier! Es ist nicht an der Zeit für Tauben, unterwegs zu sein, und auf das Wasser setzen sie sich auch nie . . . glaube mir, es ist besser, wir gehen, denn diese Vögel, so bin ich sicher, sind Djinhi. Komm fort, o Herrin!»

Aber Gisliha beachtete das ängstliche Geflüster gar nicht; denn sie war mit der großen grauen Taube neben sich beschäftigt. Sie hatte noch niemals einen Vogel gesehen, wie überhaupt kein lebendes Tier, und wußte nicht, daß es ungewöhnlich sei für so ein gefiedertes Geschöpf, sich neben einen Menschen niederzulassen mitten in der Nacht und sich zudem von dessen Händen berühren zu lassen. So streichelte Gisliha unbefangen die Federn der grauen Taube und sprach mit dem reglos stillhaltenden Vogel. «Wie schön du bist, wie weich und wie zart! Wie du leuchtest, schöner als die Dinge drunten am Brunnenrand! Aber warum siehst du mich so traurig an? Sage!» Hier aber fing die Sklavin wieder zu flüstern an, ängstlich, drängend: «O Herrin, schau nicht hin auf diesen Vogel! Er hat Menschenaugen. Glaube mir, es ist ein Djin. Laß uns fort, Herrin!»

Es schien fast, als habe die Taube die Worte der Sklavin verstanden, denn sie rückte noch ein wenig näher an die Prinzessin heran und sah sie mit großen, flehenden Augen an. Gisliha beugte sich tief zu dem Tier herab, streifte einen Reif aus grünen Edelsteinen von ihrem Handgelenk und sagte: «Ich weiß, du bist gut, und ich komme wieder hierher, dich zu sehen, du Weiches, du Graues. Nimm dieses, um meiner zu gedenken.» Sie legte den Reif der Taube um den Hals, und diese schien den Kopf zu neigen, um die Gabe zu empfangen; dann schüttelte die Taube ihr Gefieder, so daß der Reif zwischen die Federn glitt, schlug einmal mit den Flügeln, und alle Tauben, die in das Wasser eingefallen waren, erhoben sich. Zum zweitenmal schlug die graue Taube mit den Flügeln, erhob sich in die Luft, flog um den Kopf der Prinzessin und schwirrte davon, alle anderen Tauben hinter ihr.

Gisliha war hochgesprungen, reckte die Arme, rief: «Komm wieder, Seidengraue, komm wieder!» Da trennte sich die große graue Taube von dem Schwarm, kehrte um, flog tief, streifte fast die Prinzessin, in einem engen Bogen sie umfliegend, erhob sich wieder in die Luft und war bald nicht mehr zu sehen. «Sie hat mir Antwort gegeben, die Seidengraue, sahst du es, Mirhalah?» Die Sklavin wagte es in ihrer Angst, nach der Prinzessin zu greifen und sie mit sich fortzuziehen. «Komm jetzt, Herrin, es ist genug geschehen, und der Mond wird bald gesunken sein. Komm, ich flehe dich an, denn es wird Morgen werden, und dann sind wir beide verloren!» Die Prinzessin ließ sich auch wirklich fortziehen; nur ging sie ganz langsam, mit jedem Fußtritt die Erde liebkosend und so nahe an Strauch und Baum streifend, daß sie die Blätter fühlen konnte. Dann verschlang sie der Schlund der Dunkelheit wieder, und sie waren zurück in jenem Reich, in dem alles tot und künstlich war. Die Prinzessin huschte unbemerkt zu ihrem weichen Lager zurück und schlief auch sogleich ein, hatte sie doch so vieles zu träumen, was alles an Wunder grenzte.

Am Morgen dann wurde der Gärtnerbursche sehr deutlich. «Höre mich nun gut an, du vielgeliebte Törin», sagte er zu Mirhalah, die ihm bewundernd lauschte. «Wenn deine Herrin wirklich verlangt, wieder hinauszugehen und mit der Taube zu spielen, so laß es dich nicht erschrecken, mag dieser Vogel nun ein Djin sein oder nicht. Sage deiner Herrin dieses: Gib mir die Freiheit und einen Schleier voll deiner Glitzereien, und ich tue, was du willst; gibst du mir dieses nicht, tue ich nichts. Verstehst du mich, du blühende Bohne?» Hier lief die blühende Bohne eilig fort, kehrte mit dem ersten Schleiervoll zurück und versetzte dadurch den Gärtnerburschen in einen wahren Taumel des Entzückens, so daß ihm immer neue Kosenamen aus seinem besonderen Wissensgebiet einfielen. Und hätte jener weise Sterndeuter von damals vor fünfzehn Jahren nur gewußt, daß das Kismet der Tochter des Padischah sich in Wahrheit in einem Korb voll Gemüse versteckte, hätte er dem Padischah viel Geld ersparen können . . . Aber wer weiß, wozu ein Schleier über die Augen der Weisen gezogen wird . . . es sei denn, um die Augen der Nichtweisen desto klarsichtiger zu machen – in diesem Falle die eines Gärtnerburschen und seiner blühenden Bohne.

Es hatte im jungen Leben der Prinzessin Gisliha noch niemals einen so langen Tag gegeben, wie es der nun folgende war. Zwar hatte es ihr viel Freude bereitet, einer Diebin gleich ihren eigenen Besitz in solcher Weise zu plündern, daß es nicht allzubald auffiele, was von den Wänden und dem Zierbecken fortgerissen war; aber dann schien es, als wollten ihre Frauen ein übriges tun, um sie mit Gesang und Erzählung zu unterhalten, und sie durfte aus angeborener Höflichkeit nicht allzufrüh zur Ruhe gehen. Es traf sich glücklich, daß zu dieser Zeit der Padischah erkrankt war und mit einem seiner seltenen Besuche auf diese Art nicht zu rechnen war. Endlich, ach, endlich! dann durfte sie sich zur Ruhe zurückziehen und die dienenden Frauen für die Nacht verabschieden. Kaum war sie allein, als sie sich schon wieder erhob, hinausspähte und sich dann ihrer Nachtkleidung entledigte, da Mirhalah ihr versprochen hatte, ihr eines der dunkleren Gewänder der Sklavinnen mitzubringen. Sie sah sich noch einmal in dem hohen, weiten Gemach um, das leuchtete von unzähligen Lampen, die hinter vielfarbigem Glas verborgen waren, und dessen seidenbespannte Wände geschmückt waren mit Edelsteinen, in allen Farben glitzernd, viele Arten von künstlichen Blumen darstellend.

Die Prinzessin Gisliha schritt auf dem weichen, dicken Teppich daher, sah sich alles an und sagte dann, für sich allein sprechend: «Wie arm! Wie traurig! Wie eng!» Und da erklang schon das erwartete Flüstern, Mirhalah schlich herein, einige Gewänder über dem Arm tragend. Die Prinzessin flog auf sie zu, sagte leise, aber deutlich: «O du

Gute, da du mich nicht verrietest, sei der Segen des Propheten immer mit dir! Hier, sieh, unter dem Teppich verbarg ich den Tag lang, was dir gehört, und nun laß dich nieder vor meine Füße hier und höre, was ich sage.» Die Sklavin, tief beeindruckt von dem leuchtenden Haufen Edelsteine unter dem Teppich, mehr noch vielleicht von der eindrucksvoll leisen Stimme der Prinzessin, kniete nieder und erwartete gesenkten Hauptes ihr Urteil. Aber die weiche Hand der Herrin hob ihr den Kopf, und die Prinzessin sagte, indem sie ihr beide Hände an die Schläfen legte: «Ich, Gisliha, Tochter des Padischah von Djemzid, gebe dir, Mirhalah, die du meine Sklavin warst, die Freiheit, die einst dein war, zurück. Du kannst leben als eine Freie, ehelichen als eine Freie, wandern als eine Freie. Tu kein Unrecht der Freien und bleib eine Sklavin der Pflicht, zur Ehre des Propheten, dessen Name gesegnet sei. El hamd üllülah . . .»

Dann nahm die Prinzessin von ihrem Finger einen Ring und steckte ihn der Sklavin an, wobei sie murmelte: «Sei meine Gebundenheit deine Freiheit!» Darauf küßte sie die Sklavin auf beide Wangen und grüßte sie somit als freie Frau. Die uralte Zeremonie war beendet, und die tief beeindruckte Mirhalah erhob sich von den Knien. «Mein Ring wird jedem zum Beweis dienen, daß du frei bist, meine Schwester; es genügt, ihn vorzuzeigen. Und gib mir jetzt die dunklen Gewänder, auf daß ich nicht so leicht sichtbar sei wie vergangene Nacht. Ist es nicht einem Zeichen gleich, daß ich Sklavenkleidung anlege und du frei bist?» Hier fing Mirhalah urplötzlich an zu weinen, und sie selbst hätte am wenigsten sagen können, was sie dazu brachte. Ist es nicht oftmals so, daß ein geheim in uns verborgenes Etwas alles weiß, wenn auch unser Denken einen dichten Schleier darüber breitet? Auch dieses ist des Kismet wundersames Tun und Lassen.

Im Gebüsch geschickt verborgen, wartete dieses Mal der Gärtnerbursche; denn er war überzeugt, daß sich in dieser Nacht etwas entscheiden würde, und wollte zur Stelle sein, war doch die liebliche Bohnenblüte nun von besonderem Duft umgeben, nämlich dem des Reichtums, wie denn für manche kein berauschenderer auf Erden ist. Mirhalah, beschwert von ihrer Schleierlast der Juwelen, ging dieses Mal noch langsamer und zögernder als in der Nacht vorher; aber die Prinzessin überholte sie, drängte sich auf der schmalen Stiege an ihr vorbei und war droben, ehe die frühere Sklavin noch etwas bemerkt hatte. Sie sah nur einen Schatten durch die Nacht flattern, denn die dunklen Gewänder und Schleier machten die Prinzessin fast unsichtbar, und dann trat unter den Bäumen hervor eine Gestalt auf sie zu. Tödlich erschrocken, hätte sie beinahe geschrien; aber der Gärtnerbursche war schon bei ihr, legte ihr schnell und sanft die Hand auf den Mund, murmelte nahe ihrem Ohr: «Nicht erschrecken, ich kam nur, um zu helfen. Gib mir, was du trägst, und wenn etwas geschieht, bin ich hier, um dir beizustehen. Was ist's mit der Freiheit?» Mirhalah hielt schweigend ihre Hand hoch, und er sah den blitzenden Ring. «Gut, o meine Gattin, und morgen noch wird der Imam uns verbinden. Schau dorthin, was sind das für Vögel mitten in der Nacht?» Mirhalah seufzte ihm ins Ohr, daß auch in der vorigen Nacht diese Djinnen-Vögel dagewesen seien; doch dann vergaßen sie alles über ihrem eigenen nahen gemeinsamen Leben, und so schieden diese zwei Helfer des Kismet aus und wurden nicht mehr gekannt.

Die Prinzessin Gisliha war, ohne rechts oder links zu blicken, zu dem Wasserbecken geeilt, hatte sich niedergelassen auf dessen Rand und schaute sich nach allen Seiten um. Leise, so als atme die Nacht, rief sie: «Vogel, grauer Seidenvogel, wo bist du? Kommst du nicht zu mir, o Taube, wie dein Name ist?» Sie hatte Mirhalah befragt und diese Benennung erfahren, rief wieder und wieder, hielt die Arme wie bittend hoch. Und da, als das Licht des Mondes das Wasserbecken traf, da geschah es! Da waren sie plötzlich da, die vielen Vögel, und neben ihr ließ sich der große graue Vogel nieder, schaute zu ihr auf, bewegte seinen Hals und ließ so die grünen Steine in dem Reif aufblitzen, den Gisliha ihm in der vorigen Nacht umgelegt hatte. Ehe sie noch etwas sagen konnte, ehe ihre Hand Zeit fand, das weiche Gefieder zu liebkosen, schwebte die Taube um den Kopf der Prinzessin, setzte sich wieder neben ihr nieder, erhob sich aufs neue, flog einige Flügelschläge lang davon, kam wieder, umflog sie, schwebte nieder, erhob sich: es war wie ein Spiel, aber ein bedeutungsvolles.

Gisliha sah dem eine Weile schweigend zu, stand auf, fragte leise: «Du willst etwas von mir, o meine graue Taube? Doch was ist es?» Eben saß die Taube wieder auf dem Brunnenrand neben ihr, blickte mit den traurigen Menschenaugen zu ihr auf. Gisliha legte ihr die Hand auf die weichen Federn, beugte sich herab, sagte leise: «Höre mich an, und wenn du mich verstehst, so treib deinen Schnabel in meine Hand, und ich werde wissen, wir können zusammen sprechen, willst du?» Anstatt dessen aber schmiegte die Taube ihren Kopf in die dargereichte Hand, und Gisliha lachte leise auf, fragte wieder: «Wenn du vor mir herumfliegst, meinst du, ich solle dir folgen, und du willst den Weg zeigen?» Die Taube schlug erregt mit den Flügeln, schmiegte sich wieder an Gisliha. «Gut, ich komme!» sagte die kleine Prinzessin und stand auf, den Blick auf die voranfliegende Taube gerichtet.

«Sieh nur, sieh!» flüsterte Mirhalah ihrem Liebsten zu. «Sie geht fort, ich muß sie zurückholen, ich muß! Der Vogel ist ein Djin, sagte ich es dir nicht schon?» Aber der Gärtnerbursche hielt das Mädchen eisern fest, sagte verbissen: «Du bleibst! Wenn sie geht, so muß sie gehen, du aber kommst mit mir und betrittst mit keinem Fuß mehr das unterirdische Gefängnis, du, eine freie

Frau! Komm, wir gehen und kehren nicht zurück.» Und so gingen diese zwei davon, fort aus allem, was die Prinzessin Gisliha betraf.

Sie aber schritt auf unbekannten Wegen dahin; vor ihr flog die graue Taube, über ihrem Kopf, sie am Tage vor der Glut der Sonne schützend, kreiste der große Schwarm der anderen Tauben. Die Nächte und die Tage folgten sich, Gisliha ging und ging. Ihre weichen Seidenschuhe waren schon längst zu Fetzen an ihren Füßen geworden, und die zarte Haut war blutig und zerschunden; aber sie ging und ging. Die Taube stieß oftmals nieder, wies ihr einen Quell, wies eine Stelle, an der Früchte wuchsen, Beeren aller Art, und so stillte Gisliha Hunger und Durst. In Wahrheit aber wußte sie von aller Mühsal nichts, schritt wie im Traume weiter, schaute auf die graue Taube, und wenn die Müdigkeit allzu groß wurde, so daß sie halb betäubt vor Ermattung im Schlummer niedersank, dann wußte sie, die graue Taube saß neben ihr, ihrer Hand erreichbar, und der Schwarm der anderen Vögel saß nahe, Ausschau haltend, daß ihr kein Leid geschähe.

Sie kannte jetzt die Erde, das Grün, die blühende Welt, die kleine Prinzessin; sie kannte die rauhen Bergwege, sie kannte die Hyazinthenwiesen, sie kannte die dunklen Bergveilchen, in deren Duft sich so gut ruhen ließ. Und dann, als der Aufstieg besonders schwierig gewesen war, als sie mühsam die Fetzen ihrer Kleidung zusammenhielt gegen den scharfen Wind der Höhe und die blutenden Füße vor Schmerzen kaum mehr fühlbar waren, da stand sie unversehens auf einer Berghöhe, und sie war allein! Die Tauben waren fort, die große Graue hatte sie verlassen, und Gisliha fühlte zum erstenmal den zehrenden Kummer des Alleinseins, der Hilflosigkeit. Die Augen, die noch niemals geweint hatten, strömten über von Tränen, und sie sank auf den Boden nieder, barg ihr Gesicht in den duftenden Bergkräutern und schluchzte zum Erbarmen. Das Leid und die Müdigkeit vereinten sich, um sie alles vergessen zu lassen, und sie schlief ein, so wie ein Kind sich in Schlummer weint.

Als sie erwachte, sah sie über sich etwas wie ein kleines Dach aus Stäben und Stecken, die mit allerlei Gewächs durchflochten waren und darunter sie vor Wind wie Sonne geschützt blieb. Sie versuchte sich aufzurichten, fühlte aber ihren ganzen Körper als Schmerz und sank wieder zurück, entmutigt und voll Schreck über ihre Hilflosigkeit. Da hörte sie eine ruhige Stimme sagen: «Rühre dich noch nicht, meine Tochter, ich bringe dir eine Schale mit Milch, und du wirst dann weiterschlafen. Sei ohne Sorge, du bist nicht allein.» Gisliha wandte den Kopf zur Seite in die Richtung der beruhigenden Stimme und sah einen alten Mann sich neben ihr erheben, einen, der aussah wie ein Hirte der Berge, die Beine und Füße mit Ziegenfell umwickelt. Durch das Geäst konnte sie erspähen, wie er sich fortbewegte und kurz danach zurückkehrte mit einer Kupferschale voll schäumender Milch. Er hockte sich neben ihr nieder, leicht und gelenkig, wie es jeder Moslim ist, und hielt ihr den würzigen Trank an die Lippen, wobei er mit der anderen Hand ihren Kopf stützte. Gisliha sah in das Gesicht des alten Mannes, blickte in seine leuchtenden Augen und fragte leise: «Babadjim, wie verdiene ich deine Güte und Hilfe? Und wie darf mein Dank aussehen, Babadjim?» Der Alte lächelte, so daß die unzähligen braunen Falten seines Gesichts sich regten, und er sagte beruhigend, wie man zu einem Kinde spricht: «Dank ist, helfen zu dürfen, meine Tochter. Und jetzt schlaf weiter, du wirst dann ganz gestärkt erwachen, denn deine Füße auch bedurften der Heilung, siehst du sie?»

Da sah Gisliha, daß ihre Füße dick in allerlei Blätterzeug eingehüllt waren, und von ihnen stieg ein Gefühl der Kühle und der Ruhe in ihr hoch. «Oh, wie gut das ist!» murmelte sie, und als der Alte ihr die Hand über die Augen legte, spürte sie unsagbare Ruhe und Befriedung; schon wieder halb im Schlafe flüsterte sie nur noch: «Die Tauben . . .?» – «Ja, ja, die Tauben», sagte die beruhigende Stimme, «bald siehst du deine Tauben wieder . . .» Und da schlief sie schon. Sie wußte nicht, daß die pflegsamen Hände des Alten die Wunden heilend auch während des Schlummers behandelten und daß viermal Tag und Nacht wechselten, ehe sie wirklich völlig wach blieb. Dann war es ihr, als werde sie gerufen, und sie setzte sich auf.

Das kleine Dach über ihr war verschwunden; ihre Füße waren mit Ziegenleder bekleidet, und helles Ziegenleder legte sich auch um ihre Glieder, die frisch und beweglich waren wie niemals zuvor. Was sie geweckt hatte, war aber kein Ruf gewesen, sondern etwas, das wie der Anschlag auf Metall klang, und als sie sich umschaute, erkannte sie auch, daß dem so war, denn dort saß der Alte und hämmerte auf einem rötlich schimmernden Metall herum, davon die kleine Prinzessin nicht wußte, daß es Kupfer war. Ruhig, als habe er ihr Erwachen bemerkt, obgleich er nicht von seiner Arbeit aufschaute, sagte der Alte: «So bist du erwacht, meine Tochter, geheilt und wieder bei Kraft. Noch eine Schale voll Ziegenmilch will ich dir reichen, und dann werden dich Tingir und Mingir zu deinen Tauben führen, von denen du auch im Schlaf immer gesprochen hast.» Er stieß einen schnalzenden Laut aus, und eine Ziege kam herbei, stellte sich neben ihn, wo er eine Kupferschale liegen hatte. Er molk die Ziege mit leichter, sicherer Hand und hielt die schäumende Schale hoch. «Komm, meine Tochter, trinke. An diesem wirst du noch ganz genesen, trink!»

Gisliha erhob sich, streckte sich ein wenig, fühlte das weiche Leder an sich und spürte frohe Jugend ihre gesundeten Glieder durchströmen. Sie hockte sich neben den Alten, nahm die Schale, trank. «Es ist wundervoll hier oben, Babadjim! Die Erde duftet, und der Himmel ist nahe.» So konnte sie jetzt sprechen; denn dieses alles hatte ihre lange Wanderschaft sie gelehrt. «Du sagst es, meine Tochter», meinte geruhsam der Alte, «und wenn du dich erhebst und auf jenen Stein dort steigst, wirst du in der Richtung der sinkenden Sonne fern, fern auf einer Bergspitze, die jetzt eben aufleuchtet, ein Serail erkennen. Siehst du es?» Gisliha beschattete die Augen mit der Hand und erspähte weit, weit fort den Glanz der Abendsonne auf Türmen und Mauern. «Ich sehe es, Babadjim, was ist's damit?» Der Alte lächelte, sagte seltsam: «Heute noch fragst du so, bald wirst du anders fragen, o meine Tochter! Es ist das Serail von Sultan Mourad. Und sieh, da kommen Tingir und Mingir, sie sind bereit, dich zum Sitz der Tauben zu geleiten. Willst du mit ihnen gehen, meine Tochter?»

Gisliha schaute mit vor Erstaunen geweiteten Augen auf das, was der Alte Tingir und Mingir nannte; denn es waren zwei sehr große und weite Kupfergefäße, die dort angewackelt kamen, sich von Seite zu Seite schwankend vorwärts bewegend. Der Alte lachte und sagte fröhlich: «Du blickst erstaunt, meine Tochter? Wisse, so sind alle meine Diener beschaffen, und dieser Berg ist an dem roten Metall so reich, daß man daran niemals Mangel leidet und sich nach Belieben Dienerschaft herstellen kann. Jetzt aber arbeite ich hier, wie du siehst, an Schuhen und einem Stab, verstehst du?» Aber Gisliha nahm das alles nicht in sich auf, waren doch ihre Gedanken nur darauf gerichtet, die graue Taube wieder nahe bei sich zu haben. So fragte sie eifrig: «Soll ich wirklich mit den zwei Kupferkrügen gehen, die da hinaufwackeln?» Der Alte sah einen Herzschlag lang zu dem jungen Wesen auf, seufzte und sagte: «Wie man doch immer wieder vergißt, daß die Jugend stumm und blind ist für alles außer ihrem Verlangen! Ja, meine Tochter, geh Tingir und Mingir nach. Sie werden dich zu einem Tor führen, das einen Hof abschließt, darin sich ein Wasserbecken befindet. Achte darauf, durch das Gittertor hineinzugelangen, während es sich für Tingir und Mingir öffnet, denn nachher bleibt es dir verschlossen. Wenn der letzte Strahl der heutigen Sonne sich in dem Wasserbecken spiegelt, wirst du deine Tauben wiedersehen. Und nun geh und sei der Schatten der Gesegneten Hand über dir!»

Gisliha brachte noch einige Worte des Dankes hervor; doch der Alte beachtete sie nicht mehr, und sie fühlte sich entlassen. Eilig schritt sie den beiden Kupferkrügen nach, die einen steilen Bergpfad hinaufwackelten, und erreichte Tingir und Mingir eben noch, als sie sich durch das Gittertor schoben. Mit einer leichten, geschmeidigen Bewegung glitt sie neben den Kupferkrügen hindurch und stand im Hof dessen, was sicher einmal ein Serail gewesen war; der ganze Raum war von Säulenreihen eingefaßt, die, aus edlem Gestein gebildet, schön verziert waren, aber vom Grün der Verwitterung überzogen. In der Mitte befand sich ein weites Wasserbecken, dessen Marmorrand auch von der Zeit zernagt war. Gisliha stand und sah sich um, hörte dann mit einem leichten Schreck das Schließen der Gitterpforte, blickte zur Höhe und sah von hier aus nur einen kleinen Ausschnitt des Himmels. Aber ihr Herz schlug hoch, als auch dieser geringe Ausschnitt verdunkelt wurde von einem Schwarm Tauben. Gedankenschnell verbarg sich Gisliha hinter einer der Säulen und wartete von hier aus, bebend am ganzen Körper, auf das, was sich ereignen würde.

Es geschah aber dieses: Als der letzte Sonnenglanz das Wasser traf und es golden erscheinen ließ, fielen die Tauben auf die Wasserfläche nieder, als seien sie niedergeworfen worden. Es ging alles so schnell, daß Gisliha nicht ihre eigene graue Taube unter den vielen zu erkennen vermochte, und sie vergaß sich zu verstecken, bog den Kopf spähend vor. Dann aber waren die Tauben verschwunden, und an ihrer Stelle stiegen aus dem Wasserbecken Krieger hervor, gekleidet in schmiegsame Kettenhemden von dunkler Färbung, auf den Köpfen spitz zulaufende Helme. Wie sie heraufstiegen, reihten sie sich links und rechts auf, und als letzter stieg einer aus dem Wasserbecken heraus, der war in ein silbernes Kettenhemd gekleidet und trug auf dem Haupte einen silbernen Helm. Gisliha schrie auf, als sie auf des Helmes höchster Wölbung einen grün glitzernden Reif erblickte, den gleichen, den sie ihrer grauen Taube um den Hals gelegt hatte. Bei ihrem Aufschrei wandte der in der Silberrüstung den Kopf, sah dunkles Haar hinter einer Säule wehen, und sein edles Gesicht strahlte auf. Mit wenigen schnellen Schritten hatte er die Reihe der schweigenden Krieger durcheilt, stand vor Gisliha, sagte leise mit bebender Stimme: «Bist du hier, du Erlöserin aus aller Pein, du Reine, du Eine, o Liebchen!»

Mit weichen Händen der Ehrfurcht umfaßte er ihren Kopf und legte ihn sich an die Brust. Gisliha sah strahlend zu ihm auf, flüsterte: «Dein Kettenpanzer drückt, Herr!» Er lachte glückselig auf, sagte leise: «Er soll durch ein weiches Seidengewand ersetzt werden, das deine Wangen liebkost, o mein Entzücken! Wie habe ich deiner geharrt, und jetzt werden wir vereint bleiben . . . wenn – ja, Liebchen, wenn du es erträgst?» Sie lächelte und sagte voll Zuversicht: «Was sollte ich nicht ertragen, wenn ich bei dir bin, Herr?» Er erwiderte nichts, umfaßte sie und geleitete sie zu einem Kiösk, der sich innerhalb des Serail-Hofes befand und dessen Verfall dennoch Schutz bot vor der Nachtkühle der Bergeshöhe. Dort befand sich auch ein Lager und darauf jenes weiche Seidengewand, davon er gesprochen hatte, auch stand eine Schale mit Früchten bereit und kühles Getränk.

Gisliha sah sich um, fragte scheu: «Woher all dieses, Herr? Wer, da du doch . . .» hier stockte sie, sah ihn erschreckt an. «Da ich doch als ein Vogel herumfliege, wolltest du sagen? Scheue dich nicht, es auszusprechen. Ich werde dir, willst du es, alles darstellen und erklären. Laß dich nieder, das Lager ist weich. Der mir dieses alles rich-

tet, ist der gleiche Alte, der dich heilte, Liebchen, deine zarten Füße und deine zarten Glieder, dieser Berge guter Genieh. Ich aber . . .» Doch ihre Hand verschloß ihm den Mund; sie legte ihren dunklen Kopf an seine Schulter, wissend, dieses sei die Gebärde der demütigen Hingabe, murmelte: «Nichts, Herr, nichts sollst du mir sagen, jetzt nicht. Einmal wird die Stunde kommen, und sie wird die rechte sein. Diese aber, Herr, diese soll nur der Freude dienen, dem Glück, daß ich dich wiederfand, o meine schöne graue Taube, die ich liebe.» Er schaute schweigend auf sie herab, und in seinen Augen stand ein Strahlen so hoher Freude, wie es Menschenaugen selten gewährt ist.

«Gesegnet jedes Wort deiner Lippen, jeder Schlag deines Herzens, jeder deiner Atemzüge», flüsterte er hauchleise, und dann sprachen sie nicht mehr. Voll Liebe, Vertrauen und Glück wurde Gisliha das Weib dessen, von dem sie nichts wußte, als daß er sie aus der unterirdischen Verborgenheit in das Licht der Bergeshöhe geführt hatte, und welche Schmerzen sie dabei erlitten hatte, daran dachte sie nie mehr. Sie war ihm zu eigen und getröstete sich seiner Rückkehr, wenn er beim ersten Sonnenstrahl als eine graue Taube davonflog.

Die Tage verbrachte sie herumstreifend auf der Berghöhe, wobei sie, um das Serail verlassen zu können, allmorgendlich auf das Kommen von Tingir und Mingir warten mußte, an denen vorbei sie schlüpfte; nur so öffnete sich das Gittertor.

Sie lernte die Bergkräuter kennen, saß oftmals neben dem Alten, der sie forschend ansah und hin und wieder fragte: «Ist es nichts, das du wissen willst, sage?» – «Nichts will ich wissen, nicht von dir, mein Freund, der du gewiß alles kennst. Sage mir, du hast die Kupferschuhe noch nicht fertig, nicht den Kupferstab?» Er sah sie wieder seltsam an, erwiderte leise: «Zu seiner Zeit wird alles fertig sein», und hämmerte weiter.

Sie stand einmal wieder und schaute über die Bergferne fort zu jenem Serail hin, das ihr der Alte am ersten Tage schon zeigte. «Sagtest du nicht, es sei das Serail des Sultan Mourad, mein Freund?» Er blickte nicht auf, murmelte: «So ist es.» Weiter fragte sie: «Und dieses Bergland ist das seine, auch da, wo wir stehen?» Der Alte nickte nur. «Ist es nicht gut, danach zu fragen? Liegt ein dunkler Gedanke darauf? Dann werde ich davon schweigen, und vergib mir, mein Freund.» Der Alte wiederholte: «Zu seiner Zeit wird auch dieses Wissen bereit sein für dich, meine Tochter.» Gisliha fragte nicht mehr. Sie nahm ihr Lieben und ihr Schicksal hin und lebte ihre Tage in schweigender Andacht, die Nächte in Versenkung in den Geliebten.

Doch dann kam ein Tag, da wußte sie sich Mutter. Das Wissen kam ihr in einem Erkennen, das gleich der Liebe ihr geworden war, und als an diesem Abend der Geliebte zu ihr zurückflog, als er sich wandelte und sie wie immer an sich zog, da sagte sie ernst wie nie vorher: «Höre mich an,

Herr. Ich habe dir zu sagen, daß ich dein Kind in mir trage und daß es von mir verlangen wird, irgendwann einmal von seinem Vater zu wissen. Willst du darum mir sagen, Herr, was es mit deinem Taubensein auf sich hat? Vergib, denn ich frage nicht um meinetwillen!» Er nahm sie in die Arme und sprach über ihren Kopf fort, ohne sie auch nur einmal anzusehen.

«Es ist nichts zu vergeben, meine Geliebte, denn du hast Vertrauen gehabt wie kein Weib je. Es ist voll Trauer, was ich dir sagen werde, darum schwieg ich bisher. Eine böse Genieh war es, die, als ich aus ihrer Quelle trank, verirrt auf der Jagd, wie ich war, mir erschien und mich verfluchte. Sie schrie, und ihre Stimme war wie das Tosen des Sturmes, schrie dieses: ‹Du Verfluchter, der meinen Quell verunreinigte mit deinen Lippen und Händen, sei auch du wie alle Wesen, die sich dem Quell nahen, verflucht zur Wandlung in ein niederes Tier. Du Stolzer, der die Wälder der Höhe durchstreift und Tiere tötet, wisse, wie es ist, ein Tier zu sein, ein niederes, unscheinbares kleines Tier, das du sein sollst . . . nicht ein Adler, nicht ein Räuber, nein, eine Taube, Opfer der Räuber der Lüfte!› Ich flehte vergebens, sie lachte nur, und es klang schlimmer als ihr Fluchen; endlich aber, als ich meine Mutter nannte, sagte sie: ‹Gut denn, eine Erlösung sei dir gewährt . . . diese: wenn du eine Liebe findest, die stärker ist als die Flamme, dann sei, was du warst, Sultan Mourad!›»

Gisliha richtete sich hoch, befreite sich von den haltenden Armen, fragte voll Schreck und Mitleid: «Du bist Sultan Mourad? Der Herr jenes Serails, das in der Ferne zu erkennen ist?» Er neigte stumm den Kopf. «Und deine Mutter, was ist mit ihr?» – «Sie wartet auf mich, die Gesegnete, die Arme.» – «Sage es noch einmal, was die Ungute von der Erlösung sagte, ich bitte dich, Herr.» Er wiederholte die Worte, und sie sagte leise vor sich hin: «Stärker als die Flamme.» Er betrachtete sie, die sich auf das Lager niedergelassen hatte und in tiefe Gedanken versunken schien. Eine Weile so, dann richtete sie sich auf und lächelte ihn strahlend an. «Herr, ich weiß, was zu tun ist. Dein Kind, Herr, soll in deinem Serail, in der Obhut deiner Mutter geboren werden. Ich gehe dorthin, Herr, und ich werde den Worten der Unguten nachsinnen. Wo zwei Lieben beisammen sind, die deiner Mutter und die deines Weibes, da wird sich ein Weg finden, stärker als die Flamme zu sein. Willst du mir vertrauen, geliebter Herr?»

Er umfing sie angstvoll, er bat, er flehte, sie möge ihn nicht verlassen. Es war alles umsonst. Wieder und wieder antwortete sie das gleiche: «Dein Kind, Herr, soll dort geboren werden, wo du das Licht sahst.» Endlich ließ er mit Bitten nach, flüsterte nur noch vor sich hin: «Der Alte hat es mir gesagt, der Alte wußte es, auch daß das Glück mir aus dem Schoß der Erde käme. Kismet!»

Am Morgen aber, als er, eine Taube, davongeflogen war, schlüpfte Gisliha zum letztenmal an Tingir und Mingir vorbei ins Freie hinaus. Sie kam zum Alten, der müßig dort saß, neben sich einen Stab und die Kupferschuhe. «Ich weiß nun alles, mein Freund, und ich gehe zum Serail von Sultan Mourad. Die Schuhe sind für mich und auch der Stab, ist es nicht so?» – «So ist es, meine Tochter! Welche Weisheit wohnt doch im reinen Herzen! Sei gesegnet auf deinem Wege, meine Tochter. Wisse aber, ehe diese Sohlen der Kupferschuhe nicht dünn werden, den Blättern gleich, und dieser Kupferstab nicht klein, einem Hölzchen ähnlich, eher wird dein Ziel nicht erreicht sein.» Gisliha sagte nur: «Sei's drum, es ist mein Kismet», ließ sich am Boden nieder und legte die Schuhe an, die sich weich um ihre Füße schmiegten, so seltsam das auch scheinen mag. Dann nahm sie den Stab zur Hand, wandte sich zu dem Alten, sagte: «Sei bedankt, der du mir nur Gutes tatest, o guter Genieh, der du bist, und wisse, daß meine Seele dich nie vergißt.» Drehte sich um und ging von da an schweigend ihres Weges.

Sie ging durch die Blütenkräuter dahin und über Steinhalden. Nachts ruhte sie nicht, wenn der Mond ihren Weg erhellte, des Tages rastete sie kaum, und doch ermattete sie nicht. Die Schuhe aus Kupfer der Berge legten sich leicht um den Fuß, wenn sie den rechten Pfad einschlug; sie preßten sich schmerzhaft fest ein, wenn die Richtung falsch war. Der Stab aus Kupfer schien sie voranzuziehen und sich in ihre Hand einzuschmiegen, wie es die Finger eines Freundes getan hätten. Wenn die Sonne zu sehr brannte, dann schwirrte es über ihrem Kopfe, und der Schwarm Tauben, ihr von der ersten Wanderung her so wohlbekannt, schuf ihr Schatten; doch nie, ach, niemals sah sie die graue Taube mehr! Aber Gisliha ließ sich nicht beirren, dachte vielmehr, daß dieser Schicksalsweg wohl ebenso wie der erste unter den Gesetzen und Befehlen des Kismet stehe und daß sie sich in alles zu fügen habe, wolle sie jenes immer gleich weit entfernt erscheinende Serail erreichen, das des Geliebten Heimat gewesen war. Wie lange sie so dahinschritt, sie wußte es nicht, nur daß die Last des Kindes in ihr immer größer wurde und das Gehen stets beschwerlicher. Und dann kam ein Tag, aus dem sehr langsam nur Nacht zu werden schien; da sank sie nieder im letzten Tal vor jener Bergeshöhe, auf der nun nahe sichtbar schon das Serail des Sultan Mourad stand, und sie bohrte den Kupferstab tief, sehr tief in den Boden, flehte laut und rief: «Wer ihr auch seid, gute Geniehe, o Allah, wenn du mich siehst, wer immer Erlaubnis hat, mir zu helfen und dem Kind, das ich trage, und ihm, der des Kindes Vater ist – noch dort hinauf zu seinem Serail bringt mich, denn ich vermag nicht weiterzugehen! O seht, ich sinke.»

Aber sie sank nicht. Urplötzlich war es ihr, als werde sie getragen, leicht wie Blätter waren die Sohlen der Kupferschuhe, und wie fliegendes

Laub fühlte sie ihre Füße; der Kupferstab, den sie, um sich daran zu halten, in den Boden gebohrt hatte, hob sie, die die Achsel darauf stützte, gleich einem haltenden Arme hoch, und dann schwand ihr alles Wissen. Als sie sich wieder besann, lag sie auf dem Boden vor einem hohen, mächtigen Tor und ihr Stab neben ihrer Hand. «Sein Serail», dachte sie und fühlte die reißenden Schmerzen in ihrem Leibe kaum vor der Beglückung des erreichten Zieles. «Jetzt nur noch diese Kraft, o ihr Helfer, nur diese Kraft noch!» flehte sie, nahm den Stab auf, hob sich ein wenig, schrie mit aller Macht ihres Seins, indem sie an das Tor von unten her schlug: «Öffnet, im Namen von Sultan Mourad, öffnet!» Dann wurden die reißenden Schmerzen so übergewaltig, daß sie von nichts mehr wußte.

Drinnen aber hatte dieses Rufen im Namen von Sultan Mourad widergehallt wie mit der Macht eines gewaltigen Zaubers. Der Türhüter schaute durch das kleine Torfenster, erblickte ein sich in Schmerzen windendes Weib, rief wild und laut nach rückwärts: «Holt die Herrin, eilt! Ein Weib in Kindsnöten rief des Herrn Namen, holt die Sultana!» Und schneller, als die Worte ausgesprochen waren, liefen Füße, riefen Stimmen, kamen Frauen und mitten unter ihnen die Sultana. Sie beugte sich nieder zu Gisliha, der ein Aufatmen vom Schmerz geschenkt war und die kaum hörbar murmelte: «Im Namen Sultan Mourads . . . sein Kind, seine Mutter . . .» Und wieder wußte sie nicht von sich. Da aber hatte die Sultana schon alles verstanden, oder so glaubte sie. «Hebt sie, ihr Frauen . . . nein, nicht die Diener, nur Frauen! Wir tragen sie auf ein Lager, nahe hier. Habt acht, tut ihr nicht weh, sie leidet . . . Sein Kind, sagte sie, o Allah, sein Kind! Vorsicht, langsam . . . und wir helfen ihr weiter.»

Als nach einigen Stunden Gisliha wieder ganz zu sich kam, sah sie in ein Frauengesicht, das sich über sie neigte mit einem unbeschreiblichen Lächeln in den müden Zügen. «Seine Augen . . .» murmelte Gisliha, «sein Lächeln», hob die Hand und strich mit den Fingerspitzen liebkosend über dieses Lächeln. Von diesem Augenblicke an hatte Gisliha eine Mutter, wenn sie es auch noch nicht wußte. Als sie dann wieder erwachte, durch Schlummer erquickt, sah sie in dasselbe Frauengesicht, und eine weiche Stimme fragte: «Willst du den Knaben nicht sehen, meine Tochter?» Es gehörte alle Güte und alles helfende Verstehen dazu, daß die Sultana sonst nichts fragte, sie, die von dem verschwundenen Sohne nichts wußte, seit sieben langen Jahren nichts! Ein froher Jüngling war morgens zur Jagd aufgebrochen und kam niemals wieder. Zwar fühlte die Mutter, wußte es mit jenem geheimen Wissen, daß er lebe, aber wie . . . aber wo? Und nun dieses! Nun sein Kind, nun dieses ergreifend bleiche junge Weib mit den zerschundenen Füßen und den reinen, stillen Zügen! Aber sie fragte nicht; was ihr zu wissen beschieden war, würde zu seiner Zeit sich ihr zeigen, denn sicher war all dieses Vorzeichen kommender Dinge.

Die Sultana hatte nach rückwärts gewinkt, und eine Dienerin kam, reichte ein Bündel, das zärtlich in Empfang genommen wurde und der jungen Mutter hingehalten. «Sieh, meine Tochter, dein Sohn! Und sieh dieses hier . . .» Vorsichtig schoben die Hände der Sultana die Hüllen von den Schultern des Neugeborenen zurück, und da waren weiche, zarte graue Federn zu sehen! Gisliha fuhr hoch, lachte und weinte zugleich, strich wieder und wieder über die weichen grauen Federn an den Schultern des Kindes. «Oh, welch ein Wunder! Sieh nur, seine Federn! Ach, wie glücklich bin ich, und du sei tausendfach gesegnet und bedankt, o du, seine schöne, seine gütevolle Mutter! Ach, höre!» Und sie richtete sich mehr noch auf, schaute nach dem hochgelegenen, schön und kostbar vergitterten Fenster, dessen Vorhänge offen waren und die weiche Abendluft einließen. Auf einem der Gitterstäbe goldener Verzierung aber saß eine graue Taube, und an ihrem Halse glitzerte es von grünen Edelsteinen. Und die Taube sprach, tat es leise und wie gurrend, aber sie sprach.

«Liebchen, ist dir wohl?» fragte die Taube. Gisliha streckte die Arme sehnsuchtsvoll aus, sagte, halb erstickt von weinendem Lachen: «O mein Sultan, dein Sohn hat deine Federn an den Schultern, deine Mutter ist deiner Liebe gleich, und dein Weib segnet dich tausendfach, o mein Sul-

tan!» Die graue Taube neigte sich ein wenig vor und gurrte: «Liebe stärker als Flamme!», hob sich und war im Abendlicht verschwunden. «Mutter, Mutter, sahst du ihn? Hörtest du ihn? Es war Mourad, o Mutter!»

Die Sultana, tief beunruhigt, denn sie hatte weder etwas gesehen noch gehört, sprach tröstend auf Gisliha ein, reichte das Kind der Dienerin, brachte einen kühlenden Trank und beschied sich, weiterhin nichts zu fragen. Am nächsten Tage aber, als die junge Mutter das Kind an die Brust nahm und immer wieder über die grauen Schulterfedern sanft und zärtlich strich, da begann sie zu berichten, was alles Wunderbares geschehen war um sie und die graue Taube. Von ihrem Leben im unterirdischen Serail erzählte Gisliha, von dem kleinen Wunderkraut, das ihr die reiche Welt verriet, von der Taube und ihrer ersten langen Wanderung. Von dem verfallenen Serail in den Bergen, dem Alten und den Kupferschuhen, ja, auch von Tingir und Mingir. Wie sie so erzählte, hatten sich nach und nach alle Dienerinnen herbeigefunden, und sie saßen am Boden um das Lager herum, waren vor Ehrfurcht ganz reglos und stumm. Daß all dieses die zart-gewohnte Prinzessin erlebt und vollbracht hatte, auch die lange, lange Wanderung noch bis zum Heimathaus von Sultan Mourad, das ließ an Liebe und Gnade glauben, die Schwäche mächtig macht. Und von dieser Stunde an gab es niemanden im Serail des Sultan Mourad, der sich nicht bemühte, der jungen Herrin jeden Dienst zu erweisen und sie Ehrfurcht fühlen zu lassen.

Gisliha aber lebte von jener kurzen Zeitspanne, da, nur ihr erkennbar, eine graue Taube am Goldgitter saß, nur ihr hörbar eine gurrende, leise Stimme fragte: «Liebchen, ist dir wohl?» und nach ihrer Antwort dann noch die Worte sprach von der Liebe und der Flamme. An diese Worte dachte sie, nur immer an diese.

Als sie wieder völlig genesen war, überließ sie das Kind mehr und mehr der Sultana, wenn sie auch immer wieder verstohlen über die grauen Federn strich, und begann in den ausgedehnten Wäldern und Tälern innerhalb der Mauern des Serails herumzugehen. Die Sultana fragte immer häufiger, was denn die junge Herrin dort draußen tue, und ihr ward zur Antwort, sie suche Hölzer zusammen. Tief erstaunt fragte die Sultana, was das denn für Hölzer seien, und ward hingeführt zu einem Holzstoß, der schon in beträchtlicher Höhe in einem der inneren Höfe aufgeschichtet war. An diesem Abend nahm sich die Sultana ein Herz und tat eine Frage, wenngleich das gewiß der Sitte widerspricht. «Was ist es, o meine Tochter, mit jenen edlen Hölzern, die du zusammenträgst für einen Holzstoß? Darf ich dir nicht helfen lassen, daß du dich nicht übermüdest?» Gisliha, zu Füßen der Sultana sitzend und die Schulterfedern ihres Kindes streichelnd, sah auf, lächelte und erwiderte heiter: «Herrin, ich bitte dich, du wolltest mir erlauben, noch darüber zu schweigen, geht es doch darum, daß ein Freudenfeuer brennen soll, zu dem ich alle Hölzer allein tragen muß. Willst du gnädig verzeihen, Herrin?» Es blieb der Sultana nichts anderes übrig, als zuzustimmen, wenn auch ihre Beunruhigung über das seltsame Tun der jungen Mutter nicht schwand.

Dann kam die Zeit, da das Kind der Mutterbrust nicht mehr bedurfte, und als an diesem Abend die graue Taube wieder ihr Gurren von der Liebe und der Flamme tat, da sagte Gisliha: «Höre, geliebte graue Taube, höre, o mein Sultan! Wenn die Sonne in des Himmels höchster Höhe steht am morgigen Tage, wirst du wissen, ob Liebe oder Flamme stärker ist.» Die Taube flog davon, kam wieder, umkreiste nochmals das Gitterwerk des Fensters und zeigte deutliche Unruhe. Gisliha lachte leise, sagte sanft: «Errege dich nicht, mein Sultan, denn wie es geschrieben ist, so wird es geschehen, und an den Flammen wird es sich zeigen, was sein soll. Dir aber, mein Sultan, Allah ismagladih!»

Die Taube flog davon, und Gisliha schlief lange und tief, voll Frieden und Ruhe. Als sich die Mittagsstunde nahte, ging sie zu dem Kinde, liebkoste die grauen Federn der Schultern und begab sich zu der Sultana. «Herrin», sagte sie, «die Stunde ist nahe, da jenes Freudenfeuer entzündet werden soll, und wenn du mir die Ehre erweist, mit mir zu kommen, Herrin, und den Kleinen in deinen Armen zu tragen – aber nur du allein, Herrin, und das Kind –, so wirst du sehen und erleben, was zu geschehen bestimmt ist.» Die Sultana sagte unruhvoll: «Meine Tochter, mein Sinn ist voll Sorge, und ich gäbe viel darum, könnte ich dich von deiner Absicht, welche auch immer sie sei, abbringen; denn mir ist sehr bange um dich, meine Tochter, die ich so lieb gewann, als seist du mein eigen Fleisch und Blut.» Gisliha neigte den Kopf auf die Schulter der Sultana, sagte leise: «Und bin ich es nicht, da ich dir deines Sohnes Fleisch und Blut gab? Aber wisse dieses, o Sultana: ich habe niemals geahnt, was eine Mutter ist, kannte keine, wußte von keiner; du hast mir dieses größte der Geschenke gemacht, und ich danke dir dafür mit meinem ganzen Sein. Kommst du mit mir, o meine Mutter? Ich bitte dich im Namen deines Sohnes.»

Schweigend erhob sich die Sultana, denn auf diese Beschwörung hin gab es nur eines: willfahren. Sie ging und trug das Kind auf den Armen, befahl allen Dienerinnen zurückzubleiben und begab sich mit Gisliha zu jenem Hof, in dem der Holzstoß aufgestapelt war. Gisliha löste das Band, mit dem ihre langen Haare um die Stirne gebunden waren, beugte sich über das friedlich schlafende Kind im Arme der Sultana, legte die Stirn nochmals auf die Schulter der Mutter Mourads und ging auf den Holzstoß zu, den sie selbst so sorgfältig geschichtet hatte. Keine der beiden Frauen sprach ein Wort. Gisliha stieg langsam hinauf, bestrebt, den kunstvollen Bau nicht zum Zusammensturz zu bringen, und ihre leichten

Schritte ließen kaum einmal ein Zweiglein brechen.

Endlich war sie oben angelangt, stand dort und blickte zur Sonne auf, deren Weg sie in den letzten Tagen oftmals geprüft hatte, so daß sie genau wußte, wann, wo und wie sie im Mittag stand. Als der höchste Punkt erreicht war und die heißen, unbarmherzigen Strahlen voll auf das junge Wesen und den Holzstoß herabbrannten, da hob Gisliha ihre langen Haare hoch, mit jeder Hand einen Teil fassend, und so, die Arme hochgestreckt, richtete sie sich zu voller Höhe auf, rief mit starker und klingender Stimme: «Sonne! Du starke Flamme, zünde! In mir der Liebe Flamme, von dir des Feuers Flamme . . . zünde, Sonne, zünde!»

Und aus dem hellen Mittag, aus dem klaren Himmel, sprang ein Blitz herab, sprühte eine Flamme hernieder, fing sich in den hochgehaltenen Haaren, und in Flammen stand das junge Weib. Der Schrei aus dem Munde der Sultana aber wurde übertönt von einem gewaltigen Schwirren in der Luft, der Himmel verdunkelte sich, und mit starkem Flügelschlag senkten sich unzählige Tauben auf den Holzstoß nieder, flogen um Gislihas Haupt, drückten mit ihren Flügeln die Flammen aus. Dann aber, kaum daß sie zu sehen gewesen waren zwischen Flammen und Sonnenglast, waren sie verschwunden, und mit lautem Krachen stürzte der Holzstoß zusammen, unter der Wucht einer Last von zahlreichen Kriegern, deren Kettenhemden im Mittagslicht leuch-

teten. In ihrer Mitte aber stand einer, der von Kopf zu Fuß silbern schimmerte, und auf seinem Helm glitzerte ein grüner Reif von Edelsteinen. Er hielt in den Armen, fest an sich gedrückt, Gisliha; mit seiner leichten Last trat er auf die Sultana zu, die ihm entgegenschaute mit weit geöffneten Augen, aus denen die Tränen strömten.

«Geliebte Mutter», sagte Sultan Mourad, und seine Stimme klang wie der Jubel einer Siegestuba, «dieses mein Weib, das mir einen Sohn schenkte, gab dir deinen Sohn wieder! Denn die Flamme ihrer Liebe zog das Feuer der Sonne herab, und so wurden wir erlöst, wir, die wir in unsere Heimat zurückkamen. Allahu Akbar.»

In dunkler Einheit der Stimmen klang es aus dem Herzen der erlösten Krieger dem Gebet gleich also: «Preis sei Allah, der solche Kraft der Liebe schuf, Preis ihm, der die Reinheit uns schenkte, uns zu erlösen! Allahu Akbar. Preis sei Allah!»